闇の皇太子

YAMI NO KOUTAISHI

ファンブック

金沢有倖　伊藤明十
Ariko Kanazawa　Akito Ito

B's-LOG BUNKO

闇の皇太子ファンブック 目次

YAMI NO KOUTAISHI

人物相関図 闇の皇太子

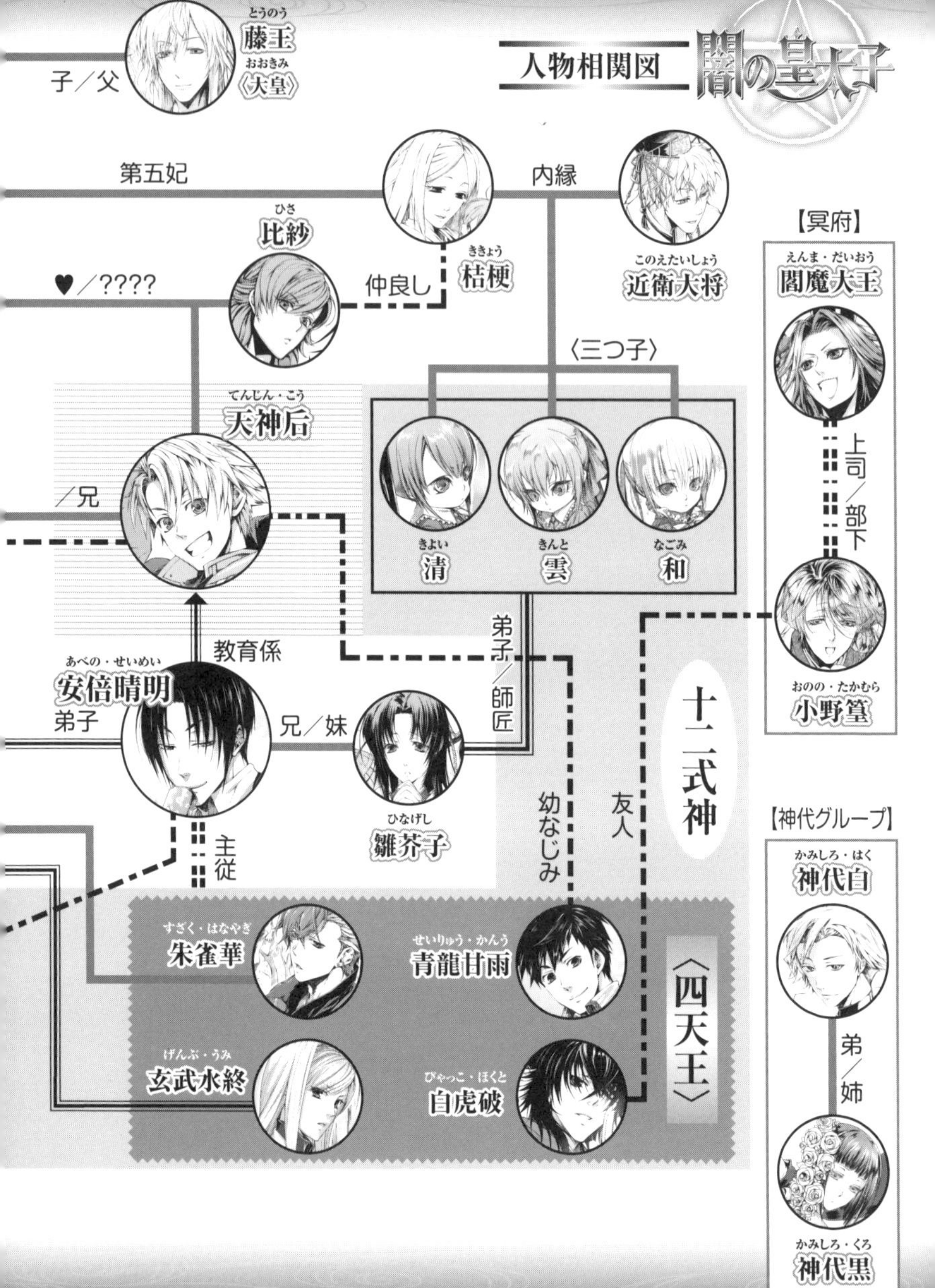
藤王《とうのう》
〈大皇《おおきみ》〉
子／父
第五妃
内縁
比紗《ひさ》
♥／????
仲良し
桔梗《ききょう》
近衛大将《このえたいしょう》
【冥府】
閻魔大王《えんま・だいおう》
上司／部下
小野篁《おのの・たかむら》
〈三つ子〉
清《きよい》
雲《きんと》
和《なごみ》
天神后《てんじん・こう》
／兄
教育係
安倍晴明《あべの・せいめい》
弟子
兄／妹
雛芥子《ひなげし》
弟子／師匠
幼なじみ
友人
十二式神
主従
朱雀華《すざく・はなやぎ》
青龍甘雨《せいりゅう・かんう》
玄武水終《げんぶ・うみ》
白虎破《びゃっこ・ほくと》
〈四天王〉
【神代グループ】
神代白《かみしろ・はく》
弟／姉
神代黒《かみしろ・くろ》

PERSON CORRELATION DIAGRAM

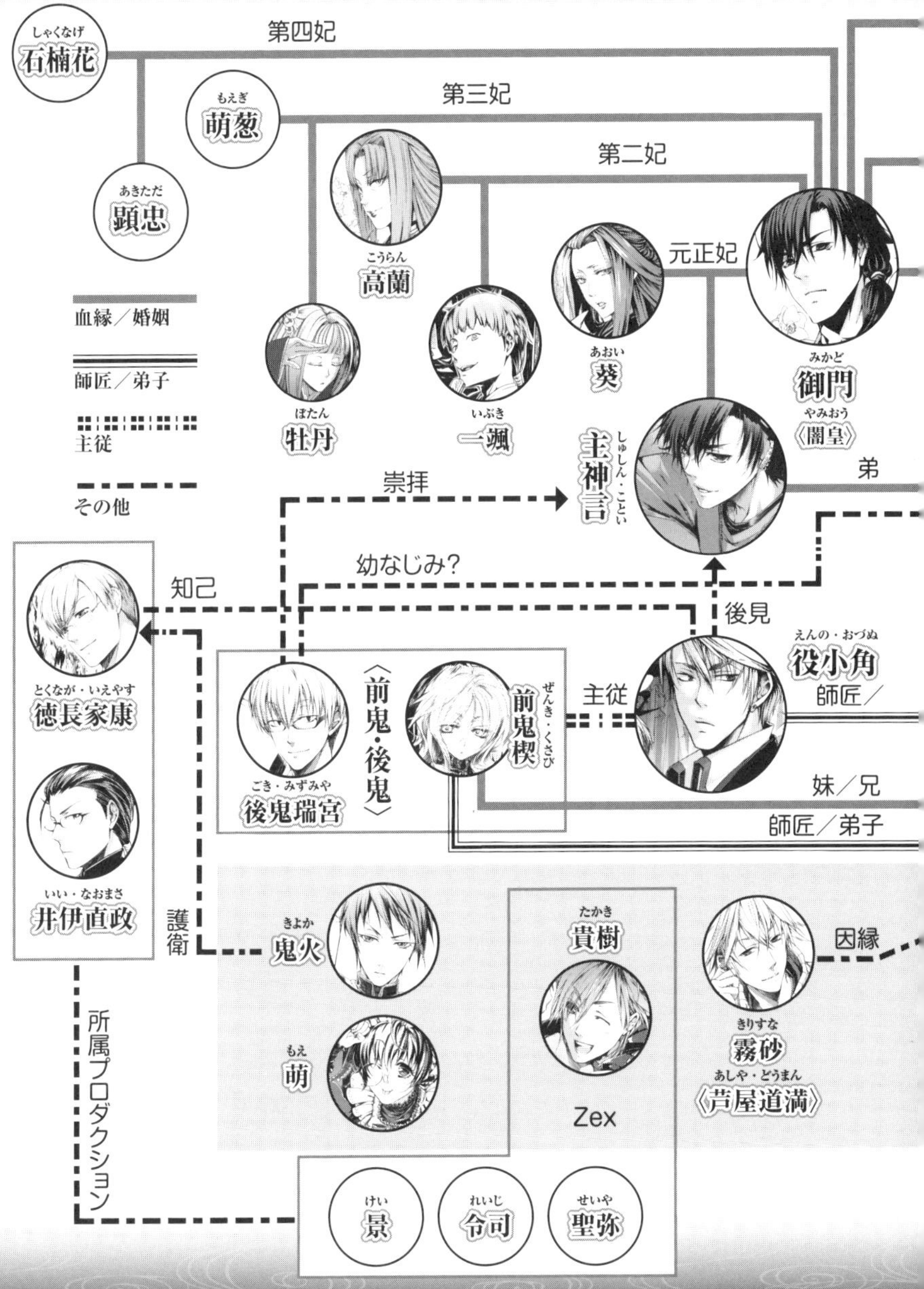

闇の皇太子

キャラクタープロフィール

闇世界で唯一、
光の属性の能力者。
愛されキャラの次期闇皇。

鈍感だけど一生懸命、気合い入れれば何でもできる

天神后（てんじん・こう）

闇　十二式神之十二 天后神后
次期闇皇、第一皇子

オモテ　北洛高校２０９組、近所のお寺の空手道場に通う庶民中の庶民

身長	公称１６３cm （実際１５９cm）
誕生日・年齢	３月３１日 自称１７歳（実際１６歳）
血液型	O
好きなもの	王将軍のかに玉・体育 ゲーム・言・みんな
嫌いなもの	甘い菓子・理不尽な修行 側近の八つ当たり
ないと生きていけないもの	ゲーム・テレビ・マンガ 言 晴明の守護 （あるからこそ危機な場合も）
持ち歩くもの	ゲーム・携帯 ペンダント型ＧＰＳ 不本意だが落書き眷属
武器	気は心　潜在能力
能力	空手２段・陽の気 言とのシンクロ 人間以外にモテること
家族構成	母方の祖母と父方の祖父と 父母と弟と異母兄弟姉妹
決め台詞	「オレは次期闇皇だから」 「すみません瑞宮さま」 「ぎぁあああああ」

Scene & Relationships

皆に愛されるのと同じように、
周囲を大事に想う后が好き！

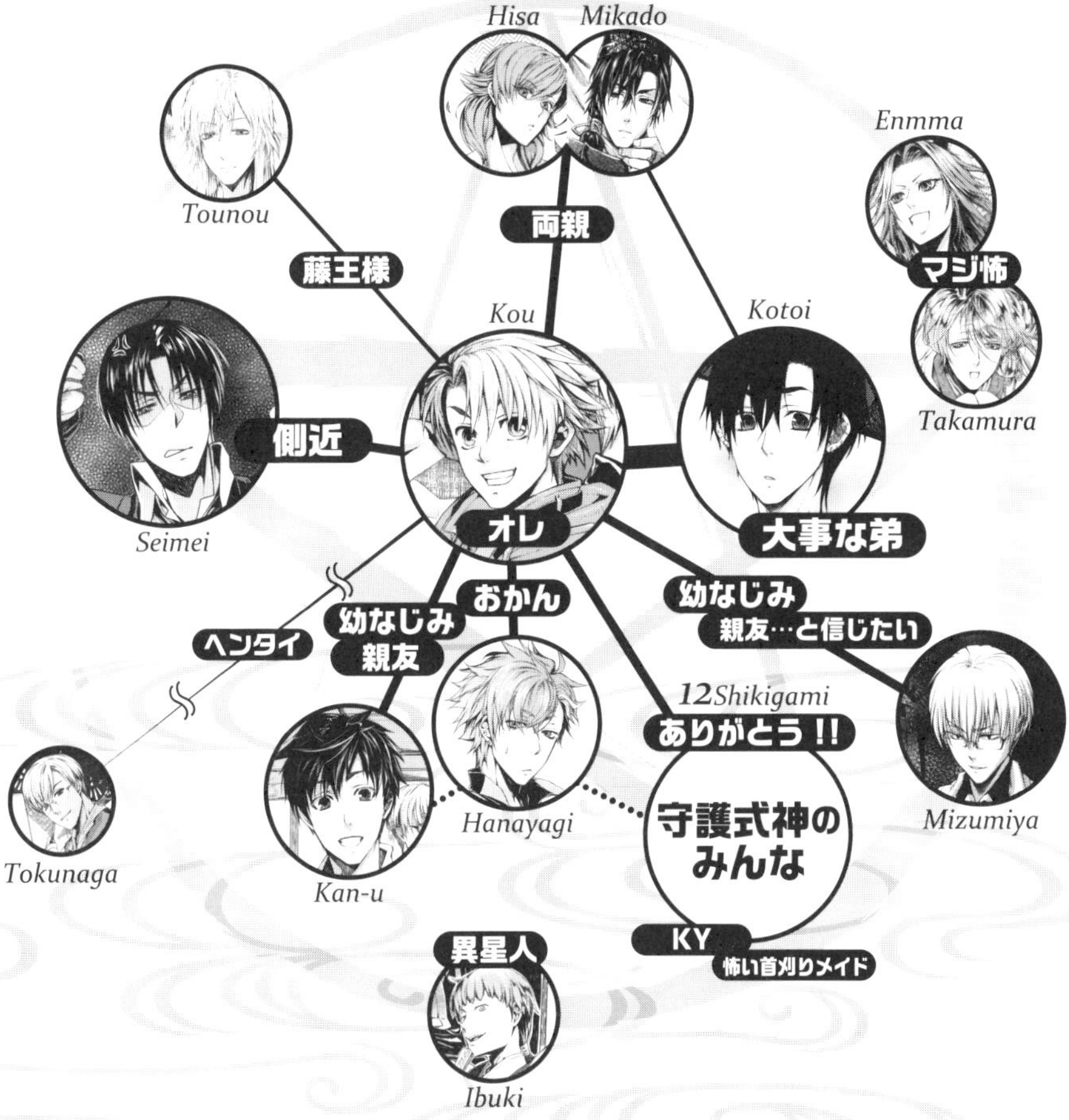

Hisa
Mikado
両親
Tounou
藤王様
Enmma
マジ怖
Takamura
Kou
Kotoi
側近
Seimei
オレ
大事な弟
おかん
幼なじみ
親友
ヘンタイ
幼なじみ
親友…と信じたい
12Shikigami
ありがとう!!
守護式神の
みんな
Hanayagi
Mizumiya
Tokunaga
Kan-u
KY
怖い首刈りメイド
異星人
Ibuki

純真無垢で、最凶で残酷。
一途すぎる想いを抱く
第二皇子。

兄さん以外はいらないよ、邪魔だから排除しておく

主神言（しゅしん・ことい）

闇　第二皇子・次期天后を継承予定
二条近衛家姫・葵の子

オモテ　オモテでは天神姓
北洛中学３０４組　生徒会長

身長	１７８cm
誕生日・年齢	９月１１日　１５歳
血液型	B
好きなもの	兄さん 兄さんと二人きりの時間 兄さんと一緒の時間 兄さんの笑顔 兄さんの声 兄さんの顔
嫌いなもの	兄さんが興味を持つもの 生ゴミ・父
ないと生きていけないもの	兄さんだけ。他は興味ない。
持ち歩くもの	兄さん人形 兄さんのスケジュール すまほ？
武器	ピアス・ブレスレット・リング
能力	剣術・武道全般 物質の破壊 兄さんとのシンクロによる、 一言主神の支配
家族構成	兄さん…………と、 おばあちゃんとお母さん
決め台詞	「兄さんは僕のもの」 「殺す」

Scene & Relationships

初めて知った他者からの愛情。
兄を想う気持ちは時に暴走して!?

ひねくれた天才変人。后に人生すべてを捧げる究極ドSな教育係。

次期闇皇の側近にして、史上最強の陰陽師

安倍晴明（あべの・せいめい）

闇　闇皇の腹心である賢玉位
安倍氏土御門家嫡男

オモテ　后の家庭教師
社長（御門）の秘書・安倍一郎

身長	１８８cm
誕生日・年齢	１０月２日　２５歳
血液型	AB
好きなもの	甘酒・あんこ・甘味 賢玉位でない方の仕事
嫌いなもの	腹黒・奸智 ブラコン悪魔・親馬鹿 公務という名の“雑務”
ないと生きていけないもの	側近としての地位 優秀すぎる才能・主人 純粋な心
持ち歩くもの	呪符・甘酒・時には靴 甘味処ＭＡＰ 主のスケジュール・后様
武器	呪符・甘酒缶 優秀すぎる頭脳、才能 后様の特別な立場
能力	史上最強なだけの陰陽術 弓技（武芸ほぼ全般可） 話術
家族構成	父　母　妹
決め台詞	「后様」「あんた」 「修行ですよー」 「主神言死ねばいいのに」

Scene & Relationships

己と后の間の絆を信じて疑わない。
時折(いつも?)見せるやきもちに♥

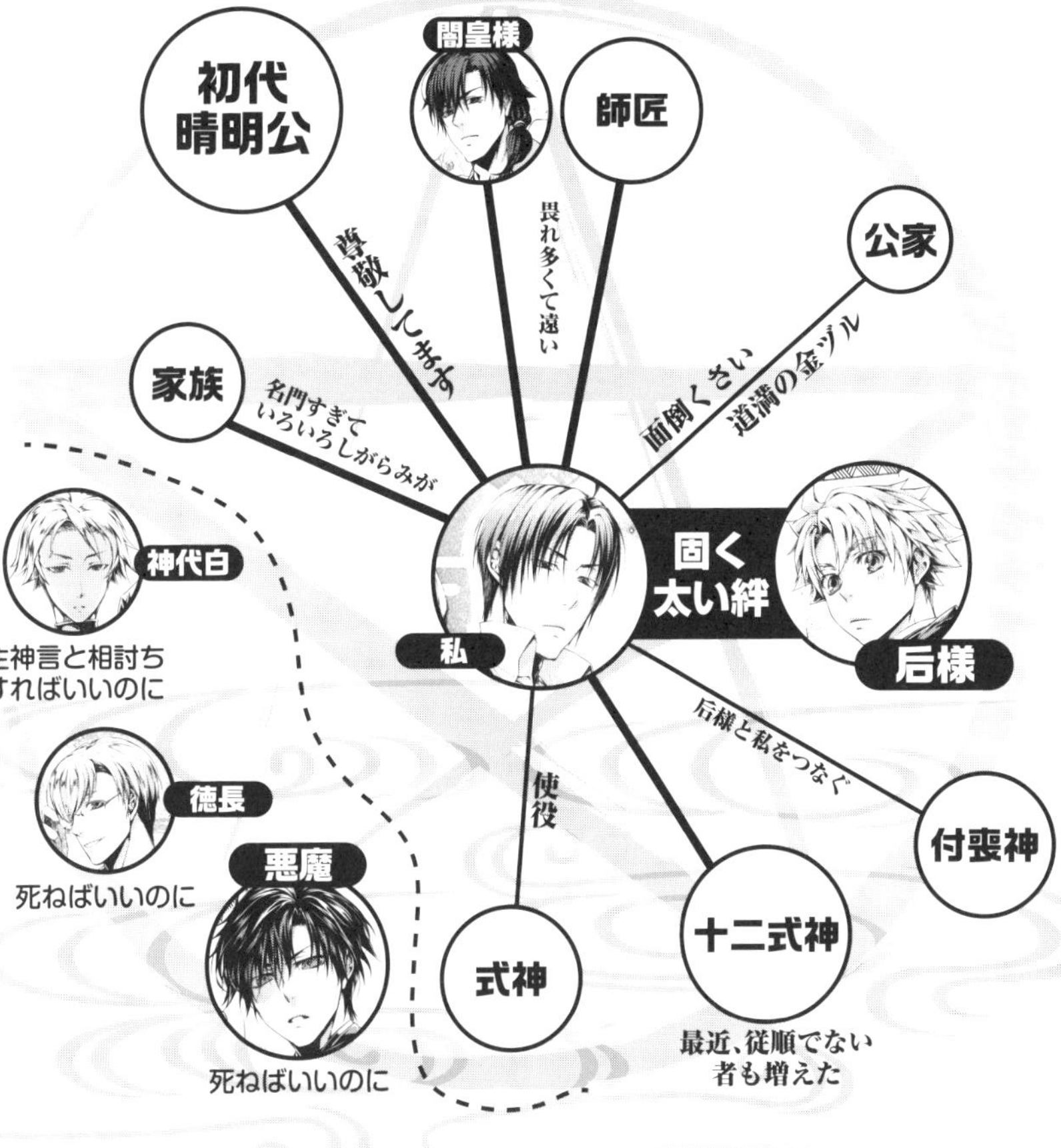

初代
晴明公
尊敬します
闇皇様
畏れ多くて遠い
師匠
公家
面倒くさい
道満の金ヅル
家族
名門すぎて
いろいろしがらみが
私
固く
太い絆
后様
后様と私をつなぐ
付喪神
使役
式神
十二式神
最近、従順でない
者も増えた
神代白
主神言と相討ち
すればいいのに
徳長
死ねばいいのに
悪魔
死ねばいいのに

生まれた時から后の守護。友情と使命に忠実な爽やか活発・最強式神。

直情型に見えて実は冷静な明朗活発切り込み隊長

青龍甘雨（せいりゅう・かんう）

闇　十二式神之六　勝先青龍　甘雨
嵯峨源氏摂津渡邉家次男
（武家の名門〈渡辺綱直系〉）

オモテ　北洛高校２０９組　渡邉甘雨

身長	１７９cm
誕生日・年齢	7月２８日　１７歳
血液型	B
好きなもの	后・闇の任務・戦闘 サッカー・ヌンチャク 王将軍の大宮セット・コーラ
嫌いなもの	努力しないヤツ 東のヘンタイ・~~創造主~~ ニンジン
ないと生きていけないもの	笑い・実力・自信 やーっぱ后じゃね？
持ち歩くもの	携帯・雑誌・ゲーム 弁当・クーポン券・学食食券 后に貸すよう兄に託されたマンガ
武器	多節棍棒（鎖付）
能力	振り回すのと投げるの 即断即決行動力 水（雨）を司る
家族構成	ばーじーちゃんズ 父母　姉　兄　弟
決め台詞	「よーっ后ー！　俺が護ってやるって！　はっはー、大丈夫！　死なない死なない！」

闇世界有数の秀才で
オモテでは現役大学生。
闇世界一の美形と謳われる。

素直じゃないけど心配性なお母さん

朱雀華（すざく・はなやぎ）

闇 十二式神之三　従魁朱雀　華
藤原北家閑院流三条嵯峨家長男
（最高権力公卿・左大臣家）

オモテ K大医学部医工学研究チーム在籍
安倍太郎

身長	１８０cm
誕生日・年齢	５月４日　２１歳
血液型	A
好きなもの	勉強・研究・一人の時間 努力する人 我が皇子の話し相手 焙煎珈琲・京料理
嫌いなもの	不真面目・喧嘩 インスタント食品 成分非表示製品 ニンジン・焼き鳥
ないと生きていけないもの	空気と水・創造主・仲間 …護る人
持ち歩くもの	我が皇子の家の鍵 破の家の鍵・スマホ 財布・参考書・時計 我が皇子の着替え一式
武器	火焔
能力	炎を自由に操る・常識力
家族構成	父　妹（異母兄弟姉妹なし）
決め台詞	「我が皇子、落ち着きなよ。 これだから、人間は嫌いなんだよ。 ――ったく、燃やすよ？」

式神のお父さん的存在。
料理の腕もプロ並みだが、
呪殺や病のスペシャリスト。

好きは大事に嫌いは徹底排除の
見た目温情家、実は冷徹

白虎破（びゃっこ・ほくと）

闇　十二式神之八　天剛白虎　破
《茶道の家元》武者小路家次男

オモテ　祇園一の老舗ホストクラブで
絶対的No.1　源氏名ホクト

身長	１８２cm
誕生日・年齢	９月２６日　２２歳
血液型	O
好きなもの	料理・奉仕 茶道華道・素直で可愛い人 怪談・指名 シャンパンタワー
嫌いなもの	腹黒・奸智・徳長 素材を無駄にした料理 オモテのカラクリ
ないと生きていけないもの	大切な存在 成仏しないくらいの適度な未練
持ち歩くもの	茶道セット（和菓子付き） お重・ピクニックセット すまうとふおん？ お客様リスト（大黒帳）
武器	気を固めた数珠
能力	気功術 ~~容赦ない~~従順な心
家族構成	両親　兄一人　弟一人
決め台詞	「私の大切な方を これ以上困らせれば、 遠慮なく殺しますよ（笑）」

誰もが振り返る美貌に
究極の忠誠心を宿した剣士。
その漢らしさは式神一！？

式神一の漢　任務命　鬼火いらない死ね

玄武水終(げんぶ・うみ)

闇　十二式神之十　功曹玄武　水終
嵯峨源氏肥前松浦家長女
(渡辺綱の分家で水軍統括武家)

オモテ　舞妓(大旦那は御門)・松浦水終
北洛高校３１０組　生徒会長

身長	１６０cm
誕生日・年齢	６月１８日　１８歳
血液型	A
好きなもの	修行・鍛錬・気合い 剣・蛇・亀・水泳 日本舞踊・たらこ
嫌いなもの	鬼火
ないと生きていけないもの	蛇剣・強靱な心
持ち歩くもの	学校の授業道具 舞妓のお稽古道具 眼鏡・懐紙 ストーカー撃退グッズ 楔様にもらった短刀
武器	蛇剣
能力	楔様に学んだ剣術 不動の心
家族構成	母　双子の弟 オモテの置屋のおかあはん、 お姐はんたち
決め台詞	「告げることは何もない。 取りあえず鬼火、 ここで今すぐ死ね」

オモテで超人気のモデルは晴明のライバルである陰陽師・芦屋道満。

我が皇子以外の何を騙しても心痛まぬ策謀家

霧　砂（きりすな）

闇 十二式神之七　天空太一　霧砂／芦屋道満
神仏道に精通した有力公家・秦氏養子
（元・不認可陰陽師（呪い屋）実力は晴明に次ぐ）

オモテ モデル・俳優
恋人にしたいタレント No.1

身長	１８５cm
誕生日・年齢	8月２０日　２５歳
血液型	AB
好きなもの	我が皇子・愛・白ワイン おばんざい・美しいもの
嫌いなもの	醜いもの・蜜柑・ネズミ 私欲に肥えた公家
ないと生きていけないもの	才能・信頼・唯一の人 金・冷静さ・知謀・純愛
持ち歩くもの	スケジュール表・連絡機器 フィリッププレインのストール 我が皇子から頂いた飴 呪い返しの呪符
武器	砂・呪符・人形・艶
能力	大気中の砂を操る 陰陽術・諜報活動・博愛心 我が皇子に愛されること
家族構成	なし
決め台詞	「……私の心と体はすべて、 貴方のためにあります。 どうか、信じてください 我が皇子……」

闇の仲間と后の前以外では
クール系だが、本質は不屈のKY。
そして無駄に有能。

貴　樹（たかき）

闇　十二式神之一　貴人微明　貴樹
闇の芸能を統括する公家・秦氏長宗我部家五男

オモテ　オモテのNo.1アイドルグループ
“Zex”のメンバー

身長	１７６cm
誕生日・年齢	6月7日　１９歳
血液型	A
好きなもの	我が皇子☆ 乗馬・鞭打ち 叙々園焼き肉弁当 ライブコンサート☆
嫌いなもの	空気読めない我が皇子を困らすヤツ ヒマ・ゴーヤ・納豆
ないと生きていけないもの	我が皇子の愛♥ タレント力
持ち歩くもの	鏡・ドライヤー・スマホ オレっちCM出演中の携帯全種☆ 我が皇子へプレゼンツ用☆ Ｚex関連グッズ☆
武器	鞭・馬
能力	幻影術 闇鬼を吸収する鞭使い 暴れ馬放置の寛大さ
家族構成	祖父　父　母　姉×3
決め台詞	「ちぇいーっす☆我が皇子ー！ らっぴゅーん！　照れないでくださいよぅ☆！」

我が皇子ったらオレにラブラブ☆
人類以外も皆我が皇子にめろめろ☆

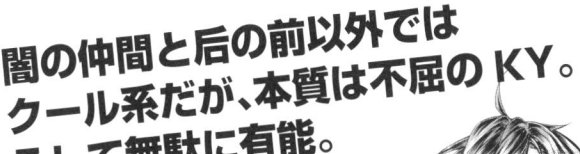

「僕　素直でイイ子ですよ　我が皇子と役小角には」

持ち前の愛らしさで周囲を翻弄

能力は超一流という究極の三つ子

和（なごみ）

闇　十二式神之四　六合博送　和
第四皇子（闇皇宮の癒し係）

オモテ　懐古庵と
后のおばあちゃんのお手伝い

身長	１１０cm
誕生日・年齢	６月１５日　１０歳 （見た目６歳）

※魔導行の失敗で感情と声を失う。
しかし雲と清は言っていることがわかる。
筆談は可能。

血液型	A
好きなもの	ガンダム・金平糖 可愛い年上たち・破
嫌いなもの	邪魔者・梅干し
ないと生きていけないもの	地位と金
持ち歩くもの	雲ちゃん清ちゃん 役小角の居場所予想
武器	ステッキと異次元箱 ちゃっかり精神
能力	敵を箱に吸収し破壊消滅 純粋さ・素直な積極性
家族構成	父さま　母さま 雲ちゃん　清ちゃん 我が皇子（予定）

「我が皇子と役小角が一番可愛がってるのはこの僕です」

清（きよい）

闇　十二式神之十一　大陰大吉　清
第八皇子（闇皇宮のアイドル）

オモテ　たまに懐古庵の出入口 出迎え人形役

身長	３５cm
誕生日・年齢	６月１５日　１０歳 （見た目かわいい）

※魔導行に失敗し、体を消滅。
以降、闇イチの人形師が制作した使い捨て人形に魂を入れている。人生を謳歌している。

血液型	Ｏ
好きなもの	大魔神・甘栗 我が皇子・雛芥子姫 役小角・甘雨
嫌いなもの	後宮の意地悪人・春菊 頭に乗せてくれない人
ないと生きていけないもの	我が皇子のボケ
持ち歩くもの	役小角の予定表
武器	使い捨ての体・勘と経験値 かわいい心身
能力	異次元穴察知 敵の数把握・探求心 冒険心
家族構成	両親　雲ちゃん　和ちゃん 我が皇子　役小角
決め台詞	「えー、我が皇子と役小角の一番は僕たちですよーぉ」

「我が皇子ってほっとけないのよね恋愛感情ないけど」

雲（きんと）

闇　十二式神之五　勾陣小吉　雲
第七皇女（闇皇宮のマスコット）

オモテ　たまに懐古庵の客間 お雛様役

身長	３５cm
誕生日・年齢	６月１５日　１０歳 （見た目抱っこサイズ）

※魔導行に失敗し、体を消滅。
以降、闇イチの人形師が制作した使い捨て人形に魂を入れている。けっこうお気に入り。

血液型	Ｏ
好きなもの	父さま・雛芥子姫 役小角・華 イチゴのミルフィーユ
嫌いなもの	つまらない男　ピーマン 抱っこされ心地悪い人
ないと生きていけないもの	ウサギ人形
持ち歩くもの	役小角がくれたお菓子
武器	ぱっちりお目々・かわいさ おしゃまな性格
能力	妖魔と闇鬼使い 妖魔闇鬼の急所透視 女心
家族構成	父さま　母さま 弟２人　役小角 ぬいぐるみとお人形さんたち
決め台詞	「あら。乙女心よ。男ってダメね」

生首＆首刈り大好きの
年齢不詳萌えっ娘メイド。
貴樹とのコンビはある意味無敵。

みんなの天使だお〜☆
永遠の妹兼メイドでぇーっす☆

萌（もえ）

闇 十二式神之九　大褒大備　萌
《有力寺の大僧正の末姫》大圓院阿浄家次女

オモテ メイドカフェ人気No.1メイド
阿浄萌

身長	１５３cm
誕生日・年齢	１月２３日 ~~自称~~１６歳~~（あらふぉー）~~
血液型	B
好きなもの	~~日本酒~~お兄ちゃん☆ ご主人様☆ おそーじっ☆ いちご☆・ケーキ☆
嫌いなもの	~~時間外労働~~ 夢を見れないオ・ト・ナ☆
ないと生きていけないもの	ピヨたん☆・~~指名数~~
持ち歩くもの	~~生首吊るし紐~~ ~~設定メモ~~ たぁーっくさんの愛情〜☆ 魔法ステッキ☆
武器	~~死神鎌~~・魔法ステッキ☆
能力	~~首刈り~~・~~怪力~~・ミラクル☆ 萌たんメロメロビ〜ム☆
家族構成	パパリン☆　ママリン☆ 大典侍お姉ちゃん☆
決め台詞	「萌たんたーん☆は 魔法の国のプリンセス☆ ちゃはーっ☆」

萌

殺し屋集団と呼ばれる
皇族の精鋭部隊隊長。~~自称~~男性。
幼なじみの水終の~~自称~~兄代わり。

惰弱と水終に近寄る男は生きる資格なし

鬼　火（きよか）

闇　十二式神之二　騰蛇河塊　鬼火
瀧口武者が一　疋田斎藤家嫡男
（代々皇族警護の最高責任を担う武家）

オモテ　徳長の付き人　疋田鬼火

身長	１７８cm
誕生日・年齢	３月１９日　２４歳
血液型	O
好きなもの	~~水終~~・髪が長い女剣士 規律・~~迷走~~瞑想・塩・水
嫌いなもの	惰弱者・~~次期闇皇~~ 脆弱な男・~~水終に近寄る男~~ チャラチャラした男
ないと生きていけないもの	~~水終~~・仲間・銃剣 平常心・緊張感・命
持ち歩くもの	短剣 スマートフォン ~~水終用の上着~~ ~~水終を狙う男リスト~~
武器	銃剣・己の身体
能力	殺しテクと隊長としての 責任感・行動力・真面目さ
家族構成	祖母　祖父　父上　母上
決め台詞	「……貴様、惰弱すぎる。 思い残すことはないな？」 「可憐で美しい己の式神に 目をつけたら……殺す」

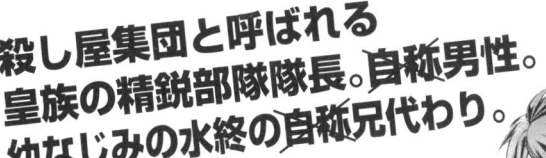

常に試練（后にも自分にも）、比紗と后と巨乳は人類の宝

史上最強の能力者。后を溺愛する甘々パパだが本心を隠し試練を与える。

南天燭御門（なんてんしょく・みかど）

闇　今上闇皇

オモテ　比紗の会社の大株主（特技・財テク）

身長	１９２cm
誕生日・年齢	１１月１６日　自称３８歳 （外見は３０代前半で止める）
血液型	B
好きなもの	比紗・后・~~巨乳~~ 民の幸福・大吟醸 比紗の料理
嫌いなもの	説教・~~仕事~~・おっさん レトルト食品 比紗や后に色目を使う不届き者
ないと生きていけないもの	比紗の愛・子の愛 民の信頼・~~美女~~・才 良き臣下
持ち歩くもの	比紗と后の写真と人形 オモテの地図・スマホ 比紗のスケジュール
武器	特になし
能力	重力操作・溢れる愛 （史上最強能力者）
家族構成	比紗　后　役小角 側室複数　子複数
決め台詞	「后と言の成長が目に見えてわかる……将来が楽しみだ」 「比紗、正妃になれ」

誰より闇世界を思う第二実力者。
言の後見人であり、政と
闇皇・三つ子の世話で多忙。

手段を選ばない冷徹な人情家、
闇世界の民を救うために尽力する修験者

役小角（えんの・おづぬ）

闇 賢玉位
《津軽地方霊場付近の廃村出身》
《三つ子の保護者》

身長	１９０cm
誕生日・年齢	９月３０日　２９歳
血液型	A
好きなもの	闇皇様・修行・仏神・仕事 子供・和菓子作り 賀茂ナス・癒しグッズ
嫌いなもの	不義理・浪費・傷んだ食品 休日・動揺
ないと生きていけないもの	闇皇様・能力・地位 無償愛・和菓子本
持ち歩くもの	金剛蔵王大権現像 闇皇様の予定表・菓子 飲料・絵本
武器	目標を持つ・冷静な心
能力	鬼の支配・次元移動 神仏召喚（人で唯一）
家族構成	闇皇様に引き取られる 以前は母(逝去) 闇皇様
決め台詞	「闇皇様のご意思は私の 本意。闇皇様に間違いは 寸分もあり得ない。 すべては、闇の民のために」

熱くなるのは実兄・華のことのみ。一子相伝の剣術を継承する熟女並みの精神年齢のアイスドール。

前鬼楔（ぜんき・くさび）

闇 鬼の総大将ノ一
藤原北家閑院流三条嵯峨姫 長女
（公卿で最も権力のある左大臣の姫）

身長	１２８cm
誕生日・年齢	１２月２４日 １１歳（見た目９歳）
血液型	AB
好きなもの	一人の時間・仕事 オモテの公共交通機関 人間以外の動物・プリン
嫌いなもの	お兄様・オモテ・大人 唐辛子（万願寺は除く） 陽射し・夏
ないと生きていけないもの	役小角様・鉄分 日傘・葛餅
持ち歩くもの	日傘・櫛（母様の形見）
武器	鉄・日傘（剣に変化）
能力	大気から鉄を生成 鉄の支配・剣技
家族構成	お父様　お母様（鬼籍） お兄様　剣術の弟子たち
決め台詞	「……お兄様、愛しているわ。私のために、死んでくださらない？ ちゃんと私が主となって蘇生してもらうから……」

お兄様なんか、大嫌い……
私を見てほしくなんか、ない

后の命を狙い続ける親友。式神四天王を凌駕する実力と言への重すぎる敬愛。

好き?なわけないだろう。君を殺したくて仕方ない

後鬼瑞宮(ごき・みずみや)

闇 鬼の総大将ノ二

オモテ 北洛高校２０９組　生徒会会計
生駒瑞宮

身長	１６５cm
誕生日・年齢	2月１４日　１６歳
血液型	A
好きなもの	ペットの世話・人間観察 京野菜(菜食主義)・豆腐 役小角様・主神言様
嫌いなもの	后と甘雨・ペット虐待者 肉(人肉含む)・コンタクト
ないと生きていけないもの	役小角様・憎しみ・嫉妬 心の闇・后の悲鳴
持ち歩くもの	参考書・生徒会要綱・筆記用具 ペットの餌(生人肉)リスト 后の代筆遺書・スマホ・眼鏡
武器	水・鬼
能力	大気の水を完璧に操る 鬼使い・消えない憎悪
家族構成	役小角様 ペットたち(獄卒含)
決め台詞	「后、死んでくれない？ 僕たち親友だよね、願いを 叶えてくれないか、大丈夫、 苦しいのは一瞬だから」

命もったいつけんと強くなりや

天神比紗

キャリアウーマンな后の母。
オモテだが勘の良い、度胸ある女性。
御門を旦那と認めない。

天神比紗（てんじん・ひさ）

オモテ 母は東京、父は京都三条（鬼籍入り、元修験行者）出身
一流下着メーカー・ワクールの本社企画課課長

身長	１６３cm
誕生日・年齢	８月９日　３５歳 （見た目２０代前半）
血液型	O
好きなもの	イケメン・息子たち グルニエドールの菓子 百貨店・太丸バーゲン
嫌いなもの	女をはべらかす男 巨乳好き男 うちの大株主 G
ないと生きていけないもの	息子２人・イケメン ＵＶカット・保湿液
持ち歩くもの	息子の写真・携帯 財布・定期 Zex、霧砂の写真 会員カード・割引券 化粧ポーチ ハンカチ・ティッシュ
武器	フライパン・鍋
能力	往復ビンタ・回し蹴り
家族構成	母　息子２人
決め台詞	「男が一度決めた道なら、命をかけても進むもんや。私もあんたに命ぜんぶ渡して応援したる」

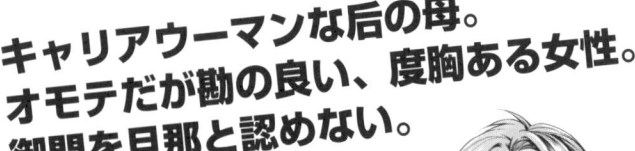

民を思い民を愛し民を幸福に導く

鈴虫寺で隠居する前闇皇。
后の良き祖父だが、趣味は
バイクのパンク僧侶!?

槐樹藤王(えんじゅ・とうのう)

闇

前闇皇　現大皇
華厳寺住職　大阿闍梨

身長	１８０cm
誕生日・年齢	２月２５日 年齢不詳(本人も忘れた)

※外見は亡妻(御門の母。正妃ではない)の希望で出会った当初の２０代のまま。

血液型	A
好きなもの	孫・闇の民・平和 生き物すべて・庭掃除 酒(ザル)・精進料理・バイク
嫌いなもの	無慈悲・無情 掃除サボり・肉
ないと生きていけないもの	民・愛・真理 鈴虫・きゅうり・防具
持ち歩くもの	教典・掃除道具(主にホウキ) ヘルメット・免許証 おんぶ紐・革ジャン
武器	人を信じる心 バイクツーリング説法
能力	尽くす心・飴と鞭の使い分け 勇気
家族構成	出家したので家族は一応なし
決め台詞	「正しい道とは、人の苦の上に成り立つものではなく、幸の上にこそ築かれるもの」

美少女ながら最強魔導師。ただし、人間の内臓や脳味噌が大好物……!?

安倍雛芥子（あべの・ひなげし）

闇　代々陰陽師を輩出する名門公卿
安倍氏土御門家　正妻の姫
特例で女性ながら殿上を許される
最強魔導師

身長	１５４cm
誕生日・年齢	6月２４日　１６歳
血液型	O
好きなもの	魔導・人体 魔物の皆さん ミソ・カニミソ・ザクロ イチジク・マグロの目玉
嫌いなもの	怖いもの・虫類
ないと生きていけないもの	内臓・脳・肉体 冥界獄界魔界 優しい殿方
持ち歩くもの	薬草・兄上の式神 呪符・のろし弾 熊、猪のワナ 包丁・ノコギリ
武器	魔物の皆さんの食欲 祭殿・魔導呪
能力	魔導術・歌声
家族構成	両親　兄 異母兄弟姉妹はいない そうです
決め台詞	「あの……ステキな体ですね。よろしければ、脳か内臓、少しいただけませんか……？」

闇の公卿で、反骨精神の天才。
地獄と闇世界を行き来する、
天然へらず口暴言野郎。

私って天才だから、何でも興味持って実行しちゃうんですよねー
正直だしー本当に善人で困っちゃいますよねー

小野篁（おのの・たかむら）

闇　従三位参議令外官司
獄界では閻魔庁冥官
小野小町を先祖に持つ公卿・小野家の三男

身長	１８８cm
誕生日・年齢	7月3日　２２歳

あ、でもこれってオモテの計算で、闇ってかぞえだから１歳あがるんですよ

血液型	AB 人類で最新の血液型ですよー
好きなもの	仕事・未確認物・謎 何でも興味持つから基本的にあらゆるもの好きですけどねー
嫌いなもの	退屈・つまらないこと 一度経験してみて駄目だと思ったことですかねー
ないと生きていけないもの	そりゃー体と命と空気と水 あと興味もてるもの
持ち歩くもの	健康手帳・亡者リスト 獄界地図・井戸内地図 （作っただけで見たことはない） びっくりサプライズ品
武器	頭脳と見た目の良さ 素直な心と口・強運 アドベンチャー精神
能力	あの世とこの世の行き来 歌詠み・文作り 何でもできる完璧人間
家族構成	両親　先祖大勢　弟２人
決め台詞	「え？　どうしたんですか 機嫌悪くなってしまって。 面倒な性格だなあ、 私はぜんぜん気にしてないのにーあっはっは」

仕事をバリバリこなす、イケメンと可愛い子が大好きな地獄の統轄者。

ちょっとイケメンはどっこよ。
今日の亡者、イケメン0《ゼロ》じゃない！

閻魔天（えんまてん）

閻 地獄十王庁最高裁判長。閻魔大王
梵語名はヤマラージャ

身長	１７０cm
誕生日・年齢	２月１６日 藤王ちゃんよりちょっと上
血液型	B
好きなもの	身も心もイケメン 可愛い子・綺麗な子
嫌いなもの	腹黒い＆減らず口の男 私をおばさんと呼んだヤツ 無能な男・可愛くないもの 幸せなカップル
ないと生きていけないもの	好みの亡者・可愛いもの 浄玻璃鏡・化粧道具 エステ・愛♥
持ち歩くもの	化粧道具一式・檜扇 携帯浄玻璃鏡（覗き用）
武器	権力・美貌・上品な説得 浄玻璃鏡・人頭杖（殴り用） しとやかさ
能力	決定権・美しさ・巨乳
家族構成	いるわよ
決め台詞	「役小角ちゃん、御門ちゃん、今度閻魔庁でゆっくりしなさいよねー」

オモテ生まれ、闇の貧層育ち。役小角の親友で東都再興を企むテロリスト。

この世って、僕のためにあるんだもん
仕方ないよねえ（笑）

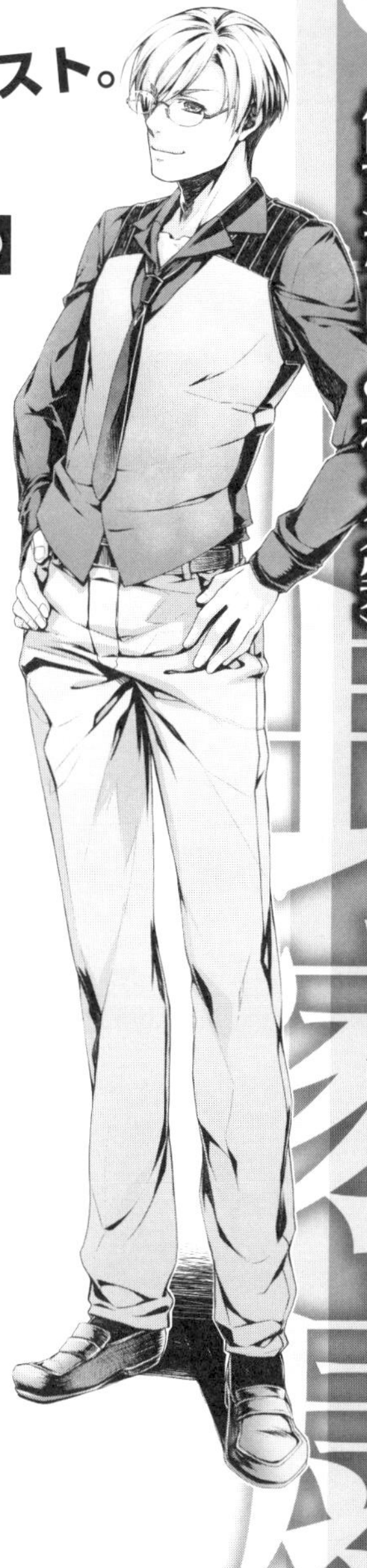

徳長家康（とくなが・いえやす）

闇 征夷大将軍
東都領主・徳川家康

オモテ 芸能プロダクション Virtuous
社長・徳長家康

身長	１８９cm
誕生日・年齢	4月２０日　２９歳
血液型	AB
好きなもの	面白いこと・闇世界 純粋な子・価値あるもの 清潔なもの・自分・人類
嫌いなもの	野蛮人・知謀家 悪人・僕を嫌う人間 天ぷら・金持ち
ないと生きていけないもの	自分（笑）
持ち歩くもの	各種クレジットカード 飛行機と船舶免許証 香水（エルメスの庭シリーズ） 時計（ピゲ）・同志
武器	ないよ。平和主義だし。
能力	時空を歪める 異次元の作成移動 博愛心
家族構成	東の同志全員
決め台詞	「～クン（笑）」 「いやだなあ」

闇皇の長男。方向音痴の(自称)次期闇皇。

一　颯（いぶき）

闇　阿保在原姫・高蘭の長男(第六皇子)
《母は元側室で、元皇族の名門公卿出身》

身長	１６５cm　血液型　Ｂ
誕生日・年齢	4月14日　自称21歳(２６歳)
好きなもの	自分・たこ焼き・こうら・おなご
嫌いなもの	完璧なのでないが、ピーマン
ないと生きていけないもの	溢れる才能・うまいん棒 ガリゴリ君
持ち歩くもの	現金・純銀・たっちゃんイカ
武器	一颯爆裂拳
能力	闇皇の資質・人徳
家族構成	父上 母上 異母弟妹 闇の民
決め台詞	「うむ、わしは度量が広い次期闇皇じゃ。おなごよ、びきになる単衣を着るのを許そうぞ」

一颯

民よ、苦しゅうない
遠慮なくわしについてこい

徳長に忠誠を誓う側近。

井伊直政（いい・なおまさ）

闇　徳長の側近
（オモテでは徳長の秘書 Virtuous 役員）

身長	１８３cm　血液型　Ｏ
誕生日・年齢	4月4日　２６歳
好きなもの	家康様・猫・招き猫 日本刀・緑茶・さんま
嫌いなもの	京・闇の公卿・裏切り 水戸浪士
ないと生きていけないもの	東都の復興再建
持ち歩くもの	家康様の必需品・牢獄本 猫じゃらし・鰹節・猫本
武器	日本刀・またたび
能力	次元移動・殺気感知・猫愛
家族構成	猫(１２匹)
決め台詞	「家康様こそが、正義」

井伊直政

家康様こそが、闇とオモテを
統治するのにふさわしい

桔梗の上の事実上の夫（闇皇公認）。

近衛大将（このえたいしょう）

闇 嵯峨源氏山城家嫡男　柊
《最高位の武家、甘雨・水終の一族の本家》

身長	１８５cm
血液型	A
誕生日・年齢	６月２７日　２８歳
好きなもの	妻・子・桔梗の花
嫌いなもの	裏切り者・反政府
ないと生きていけないもの	愛する者
持ち歩くもの	文・手作りお守り
武器	闇皇様から頂いた長刀・弓
能力	忠義心・正義（能力者ではない）
家族構成	妻　息子２人　娘１人
決め台詞	「こら、お前たち。オモテの皇子や役小角殿へ無礼な態度はやめなさい」

近衛大将

真面目で実直、誠実
軍部最高位

和・雲・清の母で、柊と事実上の夫婦。

桔梗の上（ききょうのうえ）

闇 《第五側室》下級貴族橘家　長女
（御門と比紗の応援を受け立場のみの側室に）

身長	１５７cm
血液型	B
誕生日・年齢	１２月２７日　２６歳
好きなもの	子・柊の木・和歌 琴・オモテのどらま
嫌いなもの	社交・…後宮のお付き合い
ないと生きていけないもの	家族・オモテのカラクリ箱 （晴明の電波呪符付）・人形師
持ち歩くもの	夫から頂いた腰紐 しょうじょまんが
武器	役小角殿と晴明殿から頂いた玩具と絵本
能力	躾け力
家族構成	夫　三つ子の子供
決め台詞	「うちの子がいつもご迷惑を……。可愛がっていただきありがとうございます」

桔梗

一途な闇一の美女

后をオモテと闇を繋ぐ人柱にしようと企てる。

オモテのために、
黒と僕の未来のために、
闇の東宮が欲しい

神代白（かみしろ・はく）

オモテ　神代グループ　総帥
（日本の学校には通っておらず、すべて家庭教師）

身長	１７６cm
血液型	O
誕生日・年齢	7月17日　１５歳
好きなもの	仕事・手作りケーキ 紅茶・ピアノ演奏鑑賞
嫌いなもの	一人の仕事・徳長・主神言
ないと生きていけないもの	別に
持ち歩くもの	仕事スケジュール・携帯 ＰＣ・カード・家族写真
武器	才能すべて
能力	頭脳・権力
家族構成	黒のみ
決め台詞	「幸福を独り占めする 主神言、許せない」

陽の気を持つ、神代白の立場上の姉。

白の幸福だけが、私の幸せ。
白だけが私の存在理由。

神代黒（かみしろ・くろ）

オモテ　神代白の世話役
（戸籍は女性。真実の性別は白のみが知る）

身長	１６０cm
血液型	AB
誕生日・年齢	１１月３日　２０歳
好きなもの	白・ケーキ作り ティータイム・ピアノ
嫌いなもの	独り
ないと生きていけないもの	白以外いらない
持ち歩くもの	白の必需品・…自分？
武器	？
能力	？　笑顔？
家族構成	白のみ
決め台詞	「白が喜んでくれれば、私も 嬉しい。 白が悲しめば、私も悲しい」

書き下ろし短編

「初めてのおつかい」

くされ縁

「晴明《せいめい》、自分の主人とまだ、一度も喋《しゃべ》っていないのか？」

「まだ六歳だ、何を会話しろと」

机を並べて修行《しゅぎょう》で使う呪符《じゅふ》を作りつつ、古なじみに答える。

オモテの皇子に仕えて早《はや》六年。晴明も十四歳になった。しかしまだ修行中の身なので、オモテで暮らす主人との縁《えん》は薄《うす》いのだ。

「最近、小学校というオモテ版寺小屋《てらこや》に通い始めたらしい。甘雨《かんう》がいるし、私は様子見だ」

「甘雨？　……ああ、青龍《せいりゅう》か。師からも聞いている」

ちなみに、晴明と道満《どうまん》の師匠《ししょう》は稀代《きだい》の大陰陽師《だいおんみょうじ》であり、陰陽師を統括《とうかつ》している賀茂忠行《かものただゆき》と保憲《やすのり》だ。

二人の才能を正確に見抜き、陰陽のすべてを叩《たた》き込んでくれている最中ではあるが、生まれてすぐ弟子《で》入りした晴明とは違い、道満は一年前からの師事だった。

その時に元服《げんぷく》もしたのだが、同時に芦屋《あしや》道満という伝説の道教師《どうきょうし》の名を与えられていた。

安倍《あべの》晴明である自分との縁に、星が予言した【宿命】をより実感してしまうのだが。

「オモテの皇子と同じ歳で幼《おさな》いが、すでに式神《しきがみ》の中でも抜きん出て強いぞ、甘雨は」

「鬼の総大将ノ二・後鬼《ごき》の生まれ変わりも、晴明《おまえ》の主人の側《そば》にいるのだろう？　すごい布陣《ふじん》だな」

「役小角《えんのおづぬ》殿が仕向けた。皇子皇女《おうじおうじょ》のすべての側に、ご自分の眷属《けんぞく》を置かれている……あ」

呪符《じゅふ》に書いた線が歪《ゆが》んだ——が、許容範囲《きょようはんい》だ術には（少ししか）関係ない。師以外にはバレない。

ちなみに、ここは内裏《だいり》。

清所門《せいしょもん》横にある官人詰め所《しょ》だ。内裏《だいり》で働く官人の管理を行う事務所だが、道満と二人で呪符を作る時はよく利用させてもらっていた。

何せ、この古なじみは、呪《のろ》い専門な違法《いほう》陰陽師に育てられていた孤児《こじ》だ。

名門貴族の晴明とは違う。本来ならば、闇皇宮《やみこうきゅう》の門をくぐるだけでも特別扱いで、当然のことながら、これ以上奥に入ることは許されていなかった。

「玄武《げんぶ》と白虎《びやっこ》の星の子供も、すでに修行しているだろう。朱雀《すざく》は？　見つかったか？」

「見つけてはいるが、親がなかなか認めない——とはいえ、星を背負っているから必ず朱雀になるだろうが」

道満が、書き上げた呪符の一枚を持って手印《しゅいん》を作る。すると、呪符はカエルに変化した。

「道満、お前も十二式神の星を背負っている」

「何度も言うが。私はお前の式神になんぞならない——オモテの子供を護る気は、まったくない」

断言された。しかしそれにはわざと答えず呪符に集中していれば、さらに道満が続ける。

「そもそも、私は名門出身の晴明や他の十二式神と違い、将来は呪い屋になるのがせいぜいの身。皇子を護る十二式神に、なれるわけがない」

「お前の才能は、賀茂忠行様、保憲様も認めている。ゆくゆくは陰陽寮《おんみょうりょう》の正規陰陽師になれるよう名門貴族も養子縁組を名乗り出ているが」

「別に、地位にも興味はない。自己利益しか考えない、貴族らを守ることしかできない正規陰陽師なんざ、まっぴらだ」

「その気持ちはわかる。だが、十二式神の役目はオモテの皇子の守護だ。公家《くげ》の守護ではない」

晴明も書き上げた呪符を前に呪文を口にすれば、呪符がネズミに変わってカエルと共に走り去る。

廊下に飛び出したとたん、ガラガラと大きな物を落とす音と悲鳴が聞こえた。

「ひょおお！　ネズミとカエルが部屋から！」

「っ誰《だれ》ぞ!?　内裏にかような生き物を持ち込むとは何事ぞ!?　ひどい悪戯《いたずら》じゃ！」

「まずっ」

晴明と道満は、ばっと屏風《びょうぶ》の陰《かげ》に隠《かく》れた——説明するより、姿を隠した方が早い。

「……不便だな、姿を消す【結界】の使用禁止というのは」

ちなみに呪符の手書きセットも抱《かか》えてきたので、部屋の中に二人の気配は残っていない。

部屋の前で怒《おこ》る官人らを窺《うかが》いつつ、こそこそ会話した。

「晴明《おまえ》のせいだろう。お前が保憲殿の屋敷《やしき》内で雷雨を召喚《しょうかん》し、部屋を滅茶苦茶《めちゃくちゃ》にしたから」

「道満《おまえ》が、呪術《じゅじゅつ》で敷地《しきち》内に花吹雪《ふぶき》を舞わせる、と無駄《むだ》な有言実行をしたからだろう。屋敷内と庭に積もった花びらを片付けるのが大変だったんだ」

どっちもどっち、と保憲には平等に叱《しか》られた。

じっと息を殺していれば、官人は諦《あきら》めて向こうへ行ってしまう――胸を撫《な》で下《お》ろし、そっと屏風の裏から出た。

「……我《われ》らの素性《すじょう》を知らない者が見たら、私たちは官人詰め所で遊んでいるただの悪童ではないか？」

「貴族らは私たちを知っているが、下位のおっさんには叱《しか》られるからな」

お姉さんとおばさんなら、たとえ晴明と道満を知らなくても怒られない自信はある――道満のタラシの才能は、天下一品だ。

「まあ、素性さえ納得《なっとく》すれば、奇術《きじゅつ》とは思われないだろう」

代々安倍家は優秀な陰陽師を何名も排出《はいしゅつ》してきた。とはいえ一族全員に才能があるわけではなく、父は大納言《だいなごん》で【普通の公卿《くぎょう》】だ。

「私は、百年ぶりに【安倍晴明】の名を引き継《つ》ぐことを許された、【有名人】だからな」

そして古なじみは、（くどいようだが）【芦屋道満】とは。

「まったく……初代を彷彿《ほうふつ》とさせるな。私の師匠も、初代と同じ賀茂忠行殿と保憲殿だし」

闇世界では、元服からの名は同じ星を有する歴史上の人物のものを名乗ることがある。高い能力である【イタン】が星を読んで与えるのだが、晴明と道満の名は、闇皇《やみおう》と賀茂忠行が決めた。

名門公卿の嫡子《ちゃくし》である晴明はともかく、得体の知れない子供へ、闇皇が自《みずか》ら名を与えたということに公家らは驚愕《きょうがく》したらしい。

――芦屋道満という名で、納得したらしいが。

「今までの闇世界にはあり得なかった【変化】が、起こるのかもしれない。地盤《じばん》強化のためにそれぞれ初代の強固な繋《つな》がりを求められた……とか？」

晴明が呟《つぶや》けば、道満が首を傾《かし》げた。

「変化？　闇皇の力は偉大《いだい》だし、次期闇皇だってほぼ決まっているのに？　血筋といい才能といい申し分ない、と聞いている」

晴明の妹よりも一歳下で今年四歳になる正妃《せいひ》の子は、物静かでいかにも優等生だ。しかし、不気味《ぶきみ》な迫力《はくりょく》をすでに備えていた。

「一人で強大な妖魔《ようま》を召喚《しょうかん》していた、という噂《うわさ》もある。闇皇様に次ぐ能力者の役小角殿が後見人《こうけんにん》だ。一層の能力開花は十分にあり得よう…だが」

「だが？」

道満が復唱して尋ねるが、晴明は黙《だま》る。すると浅くため息をついて道満が口を開いた。

「では、その葵《あおい》の皇子が次期闇皇にならないとか。闇世界にあり得なかった変化、ということで。——オモテの皇子が後継《こうけい》するとか」

「ばからしい」

一蹴《いっしゅう》した。推測《すいそく》する道満本人も、あり得ない、と思っているのか肩《かた》を竦《すく》める。

「しかし、オモテの皇子が背負う星はどうだ？　晴明、見たんだろう？」

「確認するまでもないから、見たことはない」

呪符を書いていた筆記具——呪符を作る以外には使用しない特別なもの——を片付けつつ、道満がさらに訊く。

「闇皇の血を半分受け継いでいるとはいえ、所詮《しょせん》はオモテ。後継争いに参加はしないだろう——ただ」

「ただ？」

部屋を出る時に、さっきの官人がいないか確認してから、足早に逃《に》げ……もとい、詰め所を後にした。

「葵の皇子は、凶星《きょうせい》を背負っている。闇皇にしてはならない」

「闇皇様はご存じなのか？」

「賀茂忠行様が、お伝えしているはずだ」

詰め所の責任者に礼は言う。背後にカエルとネズミがいたが、ただの偶然《ぐうぜん》だろう。

「お二人がどのような話をしたかは、知らない」

「殿上人《てんじょうびと》とはいえ、お前はまだ信用はないのかもな」

「大学寮を出た直後に陰陽生《おんみょうせい》になったが、半年で学籍返上し正規陰陽師に昇格、伝説をつくったぞ。今はすでに、他の公家に引けを取らない程度には政《まつりごと》に関わっている」

闇皇から極秘《ごくひ》任務も受けているし。

『お前の能力は、陰陽だけにとどまらぬ。より高い能力者に師事し、完璧《かんぺき》に近づくよう』

そして闇皇直々《じきじき》に命じられ、役小角に学ぶようになった。

鬼神《きじん》を眷属《けんぞく》にする役小角はまだ十八歳なのだが、とにかく大人《おとな》びている。というか、爺《じじ》くさい。

――いやもちろん、尊敬をしている前提で文句ではない。

❖ 勅命 ❖

「晴明《せいめい》。闇皇《やみおう》様がお呼びだ、私と来なさい」

「父上」

本日の陰陽《おんみょう》の修行《しゅぎょう》成果を道満《どうまん》と賀茂保憲《かものやすのり》へ提出し、その後一人で役小角《えんのおづぬ》がいる清涼殿《せいりょうでん》へ向かう。

途中、渡り廊下《ろうか》で父に声をかけられた。

「道満とケンカをしたと、保憲殿から聞いたが」

「陰陽術の見せ合いです、ご心配なく」

「――まったく。オモテの皇子《おうじ》様の側《そば》に仕《つか》えれば、さすがにその不遜《ふそん》な態度は治《なお》るだろうが……」

父が溜息《ためいき》をつく。父母とも温和で、晴明は誰《だれ》に似たのか、とよく囁《ささや》かれる。しかし、初代晴明公に似ていると思う――会ったことはないが。

(道満？)

忠行《ただゆき》と保憲から聞いた、という晴明のアレコレを穏《おだ》やかな口調《くちょう》で説教する父の言葉を流しつつ、紫宸殿《ししんでん》の北廂《きたびさし》を歩く。するとふと、見知った背中が遠くにあるのに気づいた。

「一緒にいるのは——知り合いか?」

道満が大人の男と歩いていたが、周囲を見回してから二人して宜陽殿《ぎようでん》の方へ姿を消した。

「古河中将《ふるかわのちゆうじよう》だな。同母妹《どうぼまい》が、闇皇様の側室である萌葱《もえぎ》の上《うえ》の女房《にようぼう》をしているはず」

「……呪術でも頼んだのですかね。道満はぼったくる上、私の方がいい仕事するのに」

父へ答えれば、ぎょっとされ睨《にら》まれた。

「待て、晴明。お前たちはまだ十四歳で修行中だぞ。すでに客を取って、金稼《かせ》ぎしているのか」

「私は取っていません、道満だけです」

ただ晴明は、習ったばかりの陰陽術の実験のために、私腹を肥《こ》やす貴族を利用しているのみ。

「……訴《うつた》えられることは、するなよ」

晴明の返答に呆《あき》れつつ、父は念を押した。

しかし、御池庭《おいけにわ》を進んで闇皇の私殿の方へ向かい長押門《なげしもん》をくぐると、表情が変わった。

「役小角殿の報告だが」

「——はい」


周囲を警戒しつつ、父が呟くように告げてきた。

「萌葱の上は、正妃の葵《あおい》の上《うえ》と手を組み、他の皇子《おうじ》皇女《おうじよ》を排除《はいじよ》しようとしている動きがある」

「では、道満に呪術をさせようとでも?　鳳仙花《ほうせんか》の上《うえ》や石楠花《しやくなげ》の上《うえ》の御子《みこ》を狙《ねら》ってるんでしょうかね。高蘭《こうらん》の皇子……は、放置でまったく問題ないとして」

父の背後《はいご》につき、御内庭《おうちにわ》を奥へ進む。父が呆れたように振り返った。

「皇子に対し、暴言は控《ひか》えなさい」

「正直でした、反省します」

心なく頭を下げれば、錦台《きんだい》という茶室の前でメジロが鳴く声と父の溜息が交差した。

「晴明。初代様に次ぐ能力者であるのなら、人格も初代様に近づくよう努力なさい」

晴明自身は、初代神の子と同じく高徳な人格と自負しているので、敢《あ》えて父に頷《うなず》かなかった。

「葵の皇子は幼《おさな》いが、並々ならぬ能力をお持ちで次期闇皇になるは間違いない。ゆえになぜ、他の皇子皇女を狙《ねら》うのか。理由がわからぬ」

「道満の呪術は、もうすぐ御子《みこ》が生まれる闇世界で

一、二を争う美女・桔梗《ききょう》の上《うえ》を殺すためとか」
女の嫉妬《しっと》は怖いというし。

ちなみに、もう一人の美女は朱雀《すざく》の星を持つ子の母だ。

「道満の呪術を悪用する、とも決まっておらぬ」

（決まってるだろう）

父は人がよすぎる。晴明だって、呪術の実験台には事欠かないほど依頼がくるのに……とは言えないが。

「葵の皇子は、天に選ばれた才を持つ。現闇皇様のように強く、藤王《とうのう》様のように慈悲《じひ》深い闇皇になるに違いない、と期待している。私は、全力でご助力さしあげたい」

嬉《うれ》しそうに眼を細める父だが、闇皇に信頼されるのはこの人格が最大の理由だろう。

「安倍大納言《あべのだいなごん》の尽力《じんりょく》には、常に感謝している」

「え……？」

不意に声がかかる。まるで気配を察することができなかったので驚《おどろ》いて見れば——そこには。

「これは……闇皇様。ご無礼を」


「よい」

龍泉《りゅうせん》の門の前には、政《まつりごと》の時とは違う狩衣《かりぎぬ》を身に着けたこの世の頂点が、腕《うで》を組みつつ立っていた。

慌《あわ》てて頭を下げる父に倣《なら》い、晴明も頭を下げる。

「晴明に話がある。安倍大納言は下がってよい」

「はい」

ついてくるよう指示をする闇皇に、晴明は従う。背後の父が心配しているのは気配でわかった。大丈夫だと言いたいのだが——しかし。

（事情は話せない）

闇皇は、晴明へ隠密《おんみつ》に命じていることがある。それは、第一の腹心である役小角すらも知らないという。

（極秘で闇皇様に呼ばれ、伝えられたことに驚いた）

滅多《めった》なことでは動揺《どうよう》しない自信はある。しかし、闇皇に命じられた内容は予想を凌駕《りょうが》していた。

『オモテの皇子の守護と側近《そっきん》になるよう』

先日、告げられたことである。

これは、納得《なっとく》した。他の皇子皇女すべてに、お目付役になる陰陽師か僧侶《そうりよ》、導師《どうし》がいたから。

『晴明はすでに知っているだろう。オモテの皇子が、実は、私の現天后《てんこう》であることを』

黙《だま》ったまま、頷いた。

星を読んでいたので、オモテの皇子が闇皇の直属である唯一《ゆいいつ》の式神・十二ノ天后神后の星を背負っていることはわかっていた。

しかし。

『次期闇皇は、オモテの皇子——后《こう》と私は決めている。晴明は后の守護のため、最強の近衛隊《このえたい》である十二式神《しきがみ》を創《つく》るように』

（……聞き間違いかと思った）

次期闇皇に、オモテの血が混ざる。闇世界でも初めてだろう。

（誰もが予想していないはず）

晴明も、わからなかった。皇帝星《こうていせい》は現時点ではどこにも現れていないのだ。

『大皇《おおきみ》にも相談申し上げ、決めた。この事実を知るのは、他には后の母、比紗《ひさ》しかいない。来《きた》る日まで晴明も誰かに告げることは当然、僅《わず》かな態度に表すこともないように』

身に余る重い責務を負《お》ったが、それも晴明の背負う星によるものだ。

命じられた通り、晴明は宿命星《しゆくめいせい》を背負った者を式神に選んでいる。しかしそれは非常に至難で、一ノ貴人微明《きじんびめい》の貴樹《たかき》、六ノ勝先青龍《しようせんせいりゆう》の甘雨《かんう》、八ノ天《てん》剛白虎《こうびやっこ》の破《ほくと》、九ノ大裳大衡《たいもうたいこう》の萌《もえ》、十ノ玄武功曹《げんぶこうそう》の水終《うみ》という五柱《ごちゆう》しか決まっていない。

——そして。

「頼みがある。オモテへ至急、行ってほしい」

龍泉門の奥は、闇皇の許可ない者は立ち入り禁止である。二人以外は蔵人《くらびと》の気配もない中、告げる闇皇を晴明は見た。

「オモテへ……？　では、皇子に何かが？」

「ああ。緊急《きんきゆう》を要する。一大事だ」

低い声音《こわね》は、今まで聞いたことがないほど真剣なものだ。晴明も、緊張する。

闇皇は遣り水《やりみず》と呼ばれる小川を渡り、余裕のなさを隠《かく》さず訴《うった》えた。

「初めてのおつかいだ」

「――は？」

一瞬《いっしゅん》、言葉の真意を読み取れなかった。

「生まれて初めての、冒険をするんだ」

闇皇はさらに続ける。しかし、切羽詰《せっぱつ》まっていることはわかっても、話の意味がわからない。

「冒険、ですか？　どのような……」

「抱《だ》きしめて頬擢《ほおず》り合わせて撫《な》でまくってもまだ足りぬ、可愛《かわい》い可愛い可愛すぎる私の現天后が、一人でバスに乗っておつかいをするんだ」

「――――」

わからない方がよかった気がする。

微妙《びみょう》な感情が闇皇にバレないよう、晴明は心を無にした。

幸い気づいていないらしき闇皇が、ばっと振り向き断言する。

「小学一年生になったばかりの后が、母も祖母《そぼ》も連れず一人でバスに一時間も乗って行くのだぞ？　不安がわかるか？　私も一緒に行く、と言ったのだが后の教育にならない、と比紗に反対されてどうしようもなく動けぬのだ」

「本日は、闇世界において大切な政があります。誰が止めずとも、どうか闇皇宮《やみこうきゅう》に留《とど》まってくださいますよう」

なんとか立ちなおった晴明だが、縮めるのが困難な闇皇との温度差はすっぱり諦《あきら》める。

（あの闇皇様が、ここまで変わるほどの何かが、オモテの皇子にはあるのか？）

それは、オモテの皇子に会えば納得するものか。

ふと、探求心がうずいた。もとより、命令に従うつもりではあったが。

「わかりました、すぐにオモテへ向かい、皇子をお護りいたします」

「待て、晴明。絶対にこれは忘れるな」

頭を下げ、慇懃《いんぎん》な姿勢のまま瞬間移動をしようとした晴明を、闇皇が止める。

「――。忠告ですか？　やはり、何か危惧《きぐ》することが……」

「これだ」

闇皇は、狩衣の袖《そで》から闇世界では見慣れない小箱のようなものを取り出した。

「小型ビデオだ」

「――」

「手ぶれ防止な上に長時間の撮影《さつえい》が可能。これで、后を隠し撮《ど》りするように」

「……。わかりました、オモテで今人気の最新型ですね。使えます」

驚きはしない――心を無にしたまま、対応する。オモテのカラクリに詳《くわ》しいのは無駄《むだ》な雑学と思っていたが、まさか役に立つとは。

オモテ世界

「ちゃんとご挨拶《あいさつ》するんやで。ええか、終電で降りるんやよ。バス降りる時にちゃんと運転手さんにお礼言うんやで」

「うんっ」

こっくり頷《うなず》く。すると、小さな背中に不釣《ふ つ》り合いな大きなリュックサックがかしゃん、と音を立てた。

（……この子供が、私の主人《しゅじん》か）

晴明《せいめい》は駅前のバス停ベンチに座り、オモテの中学生用の参考書を読むフリをして様子《ようす》を窺《うかが》っていた。

今ひとつ実感がわかない。六歳というが、見た目は同じ歳の甘雨《かんう》より年下に見える。

（年齢《ねんれい》もだけど、それより何より）

「あらぁお嬢《じょう》ちゃん、お母はんと一緒やないのぉ？一人でバスに乗るん、ほんま偉《えら》いわぁ。気をつけるんやで」

「嫌《いや》やわ、かなわんなぁ、この子男の子ですぅ」

後ろに並んでいたご婦人が、晴明と同じことを考えていたらしい。しかし、皇子《おうじ》の母が、慣れた様子で笑って否定した。

「んまっえらい可愛《かわい》いからてっきり」

「よう言われるんですわぁ。女の子にさーっぱりモテへんのに、男の子にはよう告白されてえ」

（ご母堂……それは禁句なのでは）

皇子は、死んだ魚のような眼になり笑顔も消えた。

「あ、ほらバス来たさかい、早《は》よ乗り。運転手さんに『お願いします』ってちゃんと言うんよ」

「ん」

背中を押す母の手を振り払い、皇子はバスのステップを上がった。空《あ》いていた席に座って、窓の外の母へ手を振っている。

「……オモテの親に、愛されているな」

晴明もバスに乗り込もうとした時、背後《はいご》から呟《つぶや》きが聞こえる。振り返れば、予想外の古なじみがいた。

「道満《どうまん》、何をしている？　何か用か？」

「整理券、取らんとあかんで」

しかし、文句《もんく》は女子高校生に遮《さえぎ》られる。

なんのことだ？　と思えば、ドア入ってすぐ横の、オモテのからくり箱を指さされていた。

「教えてくれて、ありがとう」

道満がさっと整理券を二枚取って一枚を晴明に渡しつつ、女子高校生へお礼を言う。彼女は頬《ほお》を染め、友達たちと照れたようにはしゃいでいた。

「あいつ、スケコマシで天下取れるぞ……」

感心しつつ皇子のすぐ後ろの二人座りの座席に腰《こし》を下《お》ろせば、道満も友人のそぶりをして隣に座ってくる。

「オモテの規則はややこしいな」

整理券を手にしたまま、晴明は周囲に聞こえないように、コソコソと話した。

ただの男子中学生二人が仲良くしてるようにしか、きっと見えないだろう。

「市内の統一料金範囲《はんい》内でないからな」

「……道満、詳《くわ》しいな」

「晴明《おまえ》と違い、依頼に応じて必要ならばオモテに来ているゆえ」

常識だ、と言わんばかりの上から態度にムッとする。今後は、徹底的《てっていてき》にオモテについて勉強しまくろう、と晴明は心に誓《ちか》った。

(十二式神《しきがみ》も、できるだけオモテに住まわせよう)

皇子の守護になるし、一石二鳥《いっせきにちょう》だ。

「依頼に応じて、と言うが……」

皇子の様子を確認しつつ、道満へ問う。

「まさか萌葱《もえぎ》の上側《うえ》からの命令で、オモテの皇子を狙《ねら》うのではないだろうな」

「――さあ？　たとえそうであっても、守秘《しゅひ》義務があるから依頼内容は言えない」

(この表情依頼を受けている……)

ふと、周囲にいるすべての女子が、二人を見ているのに気づく。まあ、無視だが。

道満は天性のタラシだし、晴明も女子の熱視線は日頃から受け慣れていた。

「――にしても。予想以上だな」

「何が」

道満が、ふ、と気障《きざ》に笑《え》めば、周りから溜息《ためいき》が漏《も》れる。ああアホらしい。

「オモテの皇子だ。闇《やみ》世界が抱《かか》える問題を何も知らず育てば、あのような素直な子供になれるのか。予想以上に、可愛いが」

「性別間違えてないか？　男の子だぞ」

「変ではないだろう。幼《おさな》い子供を可愛いと褒《ほ》めて、何か問題はあるか？」

確かに。なんの心配だ、と晴明も反省する。

さらに道満が続けた。

「葵《あおい》の皇子に並ぶほど見目がよく、しかも無邪気《むじゃき》だな。味方になり近づくのも楽しい気がする」

「お前の、その基準はなんだ？　金を積まれれば誰《だれ》にでも力を貸してるだろう」

「仕事と割り切っているからな。子供は純粋《じゅんすい》だから騙《だま》しやすいし、私の都合にいいかもしれない」

(人間不信が)

道満の生《お》い立ちを考えれば、それも仕方ないのかもしれないが。

(にしても……ニブいな。単純なんだろう)

これだけ観察していても視線にまったく気づかず、皇子は窓の外を興味津々《きょうみしんしん》に眺《なが》めている。

「……外見のよさは葵の皇子と同等でも、能力は雲《うん》

泥《でい》の差だ。私や道満の視線だけでなく、周囲の闇鬼《あんき》
妖魔《ようま》にも気づいていない」
闇皇《やみおう》はこの皇子を現天后《てんこう》にするだけでなく、なぜ
次期闇皇に選んだのか、まったく理解できない。
（あ、まずい）
皇子の姓《せい》と同じ天神川《てんじんがわ》にかかる橋を通る時、河原《かわら》
の陰《かげ》から飛んできた闇鬼が一直線に皇子を狙う。
慌《あわ》てて助けようと思ったが、しかし闇鬼は皇子に
触《ふ》れる直前で破裂《はれつ》するように消し飛んだ。
「え……？」
道満も見ていたのか、驚《おどろ》いている。
そして逡巡《しゆんじゆん》するそぶりを見せたかと思えば、左《ひだり》
掌《てのひら》を胸元に上げ、親指と人差し指を鳴らすように
動かした。
すると、オモテには見えない小さな妖魔が現れ、
皇子のもとへ飛んで行く。
「皇子に不敬だろう」
注意はするが、あえて止めはしない――道満が何
をしようとも、皇子が無傷であることはもうわかっ
ていたから。

「――何？」
やはり道満が驚く目の前で、妖魔は見えない壁《かべ》に
弾《はじ》かれ飛び退《すさ》り、すぐ消滅《しようめつ》した。
「なるほど。ノンビリしていても安全なワケだ……」
納得《なつとく》したように道満は笑う。周囲の女子がいちい
ち頬《ほお》を染めるのは、無視だ。
「危険を弾き、防御《ぼうぎよ》する。オモテで暮らす闇世界に
無関係な御子《みこ》といえど、守護はされているらしい」
「……ご母堂は正妃《せいひ》でも側室《そくしつ》でもないが、認知はさ
れている皇子だからな」
無関係ではない、現天后だからだ、とは言えない。
現状でオモテにはびこる闇鬼や妖魔を浄化《じようか》する役
目を担《にな》っているから、魔を弾くのだ。
ただ、この程度の能力で次期闇皇に選ばれるわけ
がないので、もっと高い潜在《せんざい》能力があるはずだが。
「っ、どうぞ……っ」
老人がバスに乗ってきたのを見て、オモテの皇子
はあたふたと慌《あわ》てて立ち、席を譲《ゆず》った。
「ありがとう、お嬢ちゃん」
老人からのお礼には、強《こわ》ばった笑顔を無言で返し

ている。

「こっち、座る？」

「え？」

不意に道満が立ち上がり、皇子へ声をかける。驚いた声は晴明だ。皇子はきょとん、とした後、慌ててフルフルと首を横に振ってみせる。

「ありがと。だいじょぶ」

(性格は素直そうだな)

冷静に観察をする――晴明は別に子供が好きではないので、可愛い、とは思わない。

道満は皇子へ笑顔を寄せ、さらに話しかけた。

「どこに行くの？　一人？」

「うん。おとどけもの」

「偉《えら》いね、男の子だから一人で平気なのかな」

「……んっ！」

幼い顔がとても嬉《うれ》しそうに笑って、力強く頷いた。

「良い子だな」

(口数が少ない)

甘雨からの報告だと、もっとよく喋《しゃべ》るようなニュアンスだったが。人見知りをしているのだろうか。


(きっと道満が怪《あや》しすぎて、警戒《けいかい》されているんだ)

なんの仕事でオモテにいるのか知らないが、迷惑《めいわく》だからさっさと消えてほしい。皇子に怪しまれる。

晴明の苛《いら》つきもわかっていて無視し、道満はさらに優しく皇子に尋《たず》ねた。

「どうしたの？　俯《うつむ》き加減だけど」

「おにいちゃん、カッコよすぎでテレる。おかあさんいたら、きっとよろこぶ……」

「そう？」

(な……)

テレテレしつつ皇子が言えば、周囲の女子がクスクスと笑った。ばつが悪そうに、はっと顔を上げて、さらに恥《は》ずかしそうに頭を掻《か》く。

「おねえちゃん、みんなみてる……」

「うん、君が可愛いからだね、きっと」

道満が皇子の髪を撫《な》でれば、女子からの熱い視線が一層増えた。

陰陽師《おんみようじ》より芸能活動の方が適職で天下を取れる、晴明は確信する。

そんな中、道満は衆人環視《しゆうじんかんし》をまったく気にしない様子でさらに皇子へ尋ねた。

「地元じゃないの？　どうして、京言葉でなく東京弁を使うの？」

「おんなのこみたい、っていわれるから」

手をもじもじさせつつ、皇子が言う。

さすがの道満も、『そんなことはないよ』とは言わず無言の笑顔のままだった。

（女の子みたいと言われる理由は、京言葉だけじゃないだろう）

果たして皇子は、京言葉をやめ、本当に女の子に間違われる回数が減ったのだろうか。疑問だ。

子供なんて鬱陶《うっとう》しいだけだ、と思っている晴明から見ても、可愛い――じゃなくて。

……心温かくはなるな、と思う。

「いつも一緒に遊ぶのは、男の子の友達？」

「おさななじみっ。あと、からてのともだち」

「へえ、空手《からて》やってるんだ。すごいね」

「へへ」

道満が頬を軽く突いて褒めれば、皇子は嬉しそうに笑った。そして、ポケットの中をごそごそと探《さぐ》るとすぐに小さな手を広げて見せる。

そこには、オモテの菓子《かし》が三つ載《の》っていた。

「アメたべる？」

「くれるの？　ありがとう」

「うんっ」

道満が菓子を受け取れば、皇子は頬をより紅潮させて、こっくり頷いた。

「おにいちゃん、おとこのこって」

俯き加減の言葉に、道満がさらに顔を寄せた。

「おれ、おとこってすぐにわかってくれたから」

「……え？」

「ありがと。おにいちゃん、いいひと」

嬉しそうにはにかむ皇子に、道満が驚いたような表情をした。

「……ありがとう」

掌にある小さいアメをじっと眺め、道満が口を噤《つぐ》む――どういう反応を返してよいのか、わからないという雰囲気《ふんいき》だ。

（純粋とは縁《えん》のない生き方をしているからな）

少なからず動揺《どうよう》しているのだろう。

そして、皇子に対しても——しみじみしてしまった。

(女の子にしか、思われたことがないんだな)

可哀想《かわいそう》、とは思うが、仕方ない、とも考える。

(誰がどう見ても……いやいや。だから、少年とわかった道満に、お礼したんだ)

アメは、感謝だったのだ。しかし。

(……資料がなければ、絶対に女の子と言っていたはずだ、道満だって)

晴明はもちろん違う、すぐにわかったはずだ。間違いはしない、絶対に、推測だけだが……。

にしても、皇子相手に和《なご》んでいる八方美人野郎《やろう》がウザい。

不愉快《ふゆかい》だ。アメをいまだ凝視している態度も。

「おい道満」

晴明が呼べば、道満ははっとして、アメをポケットへ隠《かく》した。そして気にしていないそぶりを作る。

——道満らしくない、見え見えの演技だ。

「無礼者が。皇子に対し、野良犬《のらいぬ》や野良猫《ねこ》と同じ態度で接してるだろう。隠していても私にはわかる」

「……皇子が、私を気に入られているからだ。従者なのに会話もできず近寄れない晴明《おまえ》と違い、皇子に笑顔を向けられた私をひがむのは、やめろ」

「死罪《しざい》になれ」

ここがオモテで公共バスの中であり結界禁止になっていなくば、今頃、道満に対して最強呪術《じゅじゅつ》を試し呪い殺していたのに。

「私は闇皇様のご命令があって、仕方なくオモテの皇子の侍従《じじゅう》になったんだ。仕事での、必要最低限の接触《せっしょく》以上はする気はない」

「——まあ、他の皇子皇女と違い、皇位継承権《こういけいしょうけん》はまずないだろうからな。修行《しゅぎょう》中の陰陽師が守護するにはちょうどいいお立場かもしれない」

(超天才陰陽師を、舐《な》めるなよ)

とはいえ、ムカムカが収まらない本当の理由は、そんなことではない。

(道満が、さっきから何かにつけ、否《いな》、つけてなくても、私の皇子に接触《せっしょく》しまくるのが腹立たしい)

晴明自身は、皇子と必要以上の接近をしたいとは思わないのだが。

(守護で側近なのは私なのに存在すら無視され、対して悪意の塊《かたまり》である道満が皇子と親しくなってる理不尽《りふじん》さが、許せないんだ)

晴明の気も知らない皇子だ。

もっとも、素性《すじょう》も皇子の立場も何も明かしていないので、知らなくて当然なのだが。

「興味をそそる皇子だ。本当に、狙い甲斐《がい》がある」

「なるほど。半ズボンの小さい子供を狙う変質者、という自供か」

嬉しそうに笑う道満死ねばいいのに、と思いつつ指摘すれば、不愉快そうに睨《にら》まれた。

「その狙うじゃない。【依頼】があった」

「……やはり【依頼】、か」

守秘義務、と言っていたのに。アメ効果か。

ちなみに、先ほどからずっと晴明と道満の会話のみ周囲に聞こえないよう、ボソボソ小声で喋《しゃべ》っている――結界禁止令は、いまだ解《と》けていない。

「そろそろ、仕事を始めるか」

道満は形代《かたしろ》である人形を掌に載せ、ふ、と小さく息を吹きかけた。


「お前を哀《あわ》れみ、指の先ほどの小さく安い食物《しょくもつ》を恵んでくれた、優しい皇子に危害を加えるつもりか？」

「……その、悪意溢《あふ》れる表現はなんだ」

道満が呆《あき》れたように晴明を睨む。

その間にも、形代は皇子の方へ飛んで行く。

まるで蛇《へび》のように長く変化すると、皇子の細い首に巻きついた。

「何をしても無駄《むだ》だ」

しかし、晴明が呪符《じゅふ》を投げれば、すぐに弾け飛ぶ。

道満が、面白《おもしろ》くなさそうに眉《まゆ》を寄せた。

「仕方なく守護になったのだろう？　まだ修行中の陰陽師なのだから、一瞬《いっしゅん》の隙《すき》をつかれたといえば許されよう。私の邪魔《じゃま》をするな、目を瞑《つぶ》れ」

「ふざけるな。道満《おまえ》に負けた、と誤解されるだろう。そんなのは死んでも許せない」

「細かいことを気にする男だ。……私はお前と違い、血統も身分も何もないのだから、昔なじみのよしみで、出世に協力してくれてもよかろうに」

さらに道満が形代を皇子へ向けて投げたので、すぐに消してやる。

「しつこい。いい加減に諦《あきら》めろ。道満《おまえ》の術が皇子に効《き》かないことはわかっているだろう？」

「ああ、私の直接的な攻撃《こうげき》はな――ただ」

皇子の周囲にいた、晴明と道満を見つめていた女子たちがいきなり無言になる。

「何……？」

ギッ、といきなり皇子を睨みつけるその目つきは狂暴《きようぼう》で、口元には牙《きば》すら見えた。

額《ひたい》に浮かぶ文字は、方位図だ。晴明は眉をひそめた。

「八将軍《はちしようぐん》、豹尾神《ひようびしん》……！」

「最近、召喚《しようかん》を習ったから。使いたかった」

陰陽寮《おんみようりよう》認可の陰陽師でも、これだけの術を使えるのは師だけだろう――もちろん晴明も使えるが、呪符を書く時間がない。

「人間からの攻撃には、皇子を護る闇皇様の結界も効かないだろう？」

「だから、周囲のオモテを利用する術をかけたのか……！」

道満が笑むのと同時に、皇子を射殺《いころ》す勢いで睨んでいた豹尾神憑《つ》きの女子大生が、いきなり皇子の襟《えり》首《くび》に掴《つか》みかかった。

「え……!?」

何があったのか、皇子がわかるはずもない。

大きな目をより大きく見開く姿に、晴明は攻撃呪符を投げる――何もしないよりはマシだ。

しかし。

「っ!?」

豹尾神憑きの女子大生を囲んでいた不穏《ふおん》な気配が、ぱあ、と弾け飛ぶ。

「……ああ」

誰が来たのかは、すぐに理解した。

そうだ、アレは豹尾神と同じく五行《ごぎよう》は土、しかも最強の神獣《しんじゆう》を星に背負っている【支配する者】だ。

「よっ后《こう》ー」

人混みの中から少年が現れた。

幼なじみ

「えりがオネーサンのユビワにひっかかっちまったみたいだなー」

「甘雨《かんう》？　瑞宮《みずみや》も？　いたんだ」

皇子《おうじ》が嬉《うれ》しそうに声を上げる。

「式神《しきがみ》最強……青龍《せいりゅう》……」

そんな様子《ようす》を眼前《がんぜん》で眺《なが》めつつ、晴明《せいめい》にしか聞こえない小声で道満《どうまん》が呟《つぶや》いた。

「すみませーん、オネーサン」

そんな様子をわかっているだろうに、甘雨はまったく気づいていないふりのまま、皇子の襟《えり》を掴《つか》んでいた豹尾神憑《ひょうびしんつ》きの女子大生へ謝《あやま》る。そして、絡《から》まった襟の糸をぶちっと切った。

「ほら、とれたよ。オネーサン」

「わぁ、ありがとなあ。助かったわあ」

すっかり豹尾神が取れた女子大生が、甘雨へお礼を言う。

憑依《ひょうい》されていたことは、本人も自覚がなかったのだろう。襟首を掴み上げていたのではなく、本当に指輪がひっかかったのだと思い込んでいる。

「気配に気づかなかったのは、私のミスだな——豹尾神を支配する青龍が、まさか側にいたとは」

道満は珍《めずら》しく、とても悔《くや》しそうだ。

いつ何時《なんどき》でも皇子を護れ、と命じてある通り、甘雨はどんな時でも皇子の側《そば》にいる。そして、先ほどのように誰《だれ》にも気づかれずに【危険】から護《まも》っていた。

「お嬢《じょう》ちゃんゴメンなあ。急に襟が上がって、首が苦しくならへんかった？」

「……だいじょぶ」

ニコニコと返答する甘雨と対照的に、死んだ魚の目でいる皇子の心境はわかりやすい。

（やはり、性別を間違われるのが、かなり嫌《いや》らしい）

「后《こう》が、おんなのこにまちがわれるのは、いまにはじまったコトじゃないだろう？」

的確に心境を察知したのは、甘雨の連れだ。女子大生には聞こえない声音《こわね》でボショボショ話していた。

「そーいう瑞宮だって、オレとおなじよーなたいけいなのに、なんでまちがわれないんだよー」

「だって、ぼくは后みたいにカワイくないもの」

皇子が頬《ほお》を膨《ふく》らませて文句《もんく》を言っている相手は、いかにもおとなしそうな少年だ。

しかし、それが仮の姿であることは、わかっていた。そっと道満が晴明へ呟く。

「皇子や青龍と、仲良くやってるんだな」

「みたいだな」

晴明は甘雨から細かく報告を受けているので、特になんの感情も動かなかった。

「まったくオモテの小学生と変わらない。気配で探《さぐ》っても、気の弱さしか感じないとは」

「後鬼《ごき》は、イギョウの中でも突き抜《ぬ》けて能力が高い。第一、人間に【転生】している」

皇子の幼《おさな》なじみの一人は、晴明の式神・青龍だが、もう一人は――役小角《えんのおづぬ》の僕《しもべ》でいて、鬼の総大将の後鬼瑞宮だ。

オモテで会うのは初めてだが、闇世界では何度も見かけている――小さい体とまるで不釣合《つりあ》いな巨大な鬼を何匹も引き連れ、不正を働く官人らに恐怖《きょうふ》を与えていた。

そんな正体を知るはずもない皇子が、きっと普段通りなのだろう信じ切った笑顔を後鬼に向けている。

「どこいくんだ？　甘雨と瑞宮は」

「后をみつけたから、おどろかそうとおもってついてきた。ヒマだからつきあうな？」

「なんだよそれー」

「ひとりのおつかいより、タノシーだろー？」

「ん」

皇子が笑えば、甘雨も明るく笑い飛ばす。いつも皇子に同行しているのは報告で聞いていたので、晴明は素知《そし》らぬふりで窓の外を眺めていた。

（ま、甘雨はまだ六歳だが、生まれてすぐに守護式神の使命を背負った……そつはないな）

己《おのれ》の宿命星《しゆくめいせい》を的確に理解し、能力も磨《みが》いている。普通の子供とはまったく違い、そこらの大人《おとな》よりもしっかり自分の立場を理解していた。

【イギョウ】の特徴《とくちよう》として、人として生まれても自身の使命を自覚し冷静に見つめ、驚《おどろ》くほど精神年《ねん》齢《れい》の高い者が多い。

そんな心の成長の代わりのように、体の成長が止まっている【イギョウ】や【イタン】もいる。

（大裳大衡《たいもうたいこう》の萌《もえ》みたいに、あえて止めてる【イギョウ】もいるけど……能力者も）

しかし、甘雨や瑞宮は年相応の成長をしているようだ。晴明自身も、成長を止めるつもりはない。

「后、どこにいくの？」

「ばあちゃんがつくったキモノ、おてらもってく」

大きいリュックを指差しつつ皇子が答える。道満が視線を合わせて首を傾《かし》げた。

「お寺？　バスの終点が華厳寺《けごんじ》だけど、そこ？」

「ん」

皇子が素直に、こく、と頷《うなず》く。

かわいー、という周囲の女子から声が上がる中、皇子を凝視《ぎょうし》していた晴明は、はっと重大任務に気づいた。――まずい。

（……録画、忘れた！！！）

闇皇《やみおう》があんなに必死だったのに――この失敗は、下手《へた》したら父の大納言失脚《だいなごんしっきゃく》にも繫《つな》がるかもしれない。

こんな理由で一族を路頭に迷わせたら、初代に次ぐ天才と謳《うた》われた晴明の経歴《けいれき》に傷がつく、というかそれ以前の問題だ、いろいろと。

しかし、衆人環視《しゅうじんかんし》のバスの中で他人（と、周囲と皇子本人に思われている）を録画したら、晴明は多分、オモテの検非違使《けびいし》……警察に職務質問される。

それはそれで、安倍家《あべ》の出世頭《しゅっせがしら》としては深刻だ。

「晴明？　神妙《しんみょう》な顔をしてどうした？」

「安倍一族の一大事だ」

決断は早い。晴明は道満へ端的《たんてき》に返し、目配《めくば》せで甘雨を呼ぶ。

「おー、おおきいかわ！」

窓の外を眺めるフリで晴明に寄った甘雨へ、素早くビデオを渡す。

「今からこれで、皇子を撮《と》っていくように」

「瑞宮ーこのかわなに？　かもがわの一つ？」

小声で伝えるが、甘雨は晴明と視線を合わさず受け取った――幼くとも優秀な式神《しきがみ》だ。そんな将来有望な眷属《けんぞく》を、闇皇の親バカに付き合わせるのは本当に心苦しいのだが。

「甘雨、かつら川だよここは」

「やっぱ、瑞宮あたまいいなー」

背後《はいご》からニコニコ笑顔の瑞宮が答えると、おー、と返事してすぐに元の席へ戻った。

「あ、おっことした。ふんだ」

（——）

がっしゃんがん、と音を立てて床《ゆか》に転がったのは、今、晴明が渡したビデオだ。わざとらしく驚く甘雨の横で、后が細かい部分がくだけているカラクリを拾った。

「うちから、もってきた？　れんず、われてる……」

「あーあ。ま、こわれたらつかえないなー」

あはは、と笑う甘雨は明らかに確信犯だ。瑞宮も、晴明とのやりとりから全部見ていたであろうに、驚きもせずニコニコ笑っているだけだった。

「完璧《かんぺき》だな……」

道満が、感心したように呟く。晴明は頷いた。

「皇子に降りかかりそうな危機は、相手が誰であろうと完全排除《はいじょ》せよ、と命じてあるからな」

「つまり、闇皇様の子煩悩《こぼんのう》を危険とみなしたか」

「唯一《ゆいいつ》の特例対象なんだが——まあ。幼いが最強式神だ、間違いなくすべてを理解しての行動だろう」

甘雨の明朗活発《めいろうかっぱつ》さに騙《だま》されてはいけない。とにかく、広域な意味で【最強】なのだから。

「ん？」

気づけば、皇子と視線がばっちり合っていた。しまった、見すぎていた、と思い慌《あわ》てて視線を逸《そ》らそうとしたのだが。

「あげる」

皇子が、ポケットから何かを摑んで取り出した。

小さな缶だ。しかし、子供の皇子の手にあると大きく感じる。促《うなが》されるままお花模様《もよう》の赤い缶を受け取れば、熱がじんわり掌《てのひら》に広がった。

「あめ、あっちのおにいちゃんにあげて、ヒイキしちゃったから……。これしかないし」

「……飲まないのですか？」

「ん」

こっくり頷いた。

「あー、手をあたためるようにって、后のばーちゃんがよくくれる【あまざけ】だー」

「后は、こういうあまいの、のまないよね」

「ん」

甘雨と瑞宮にも同意して、皇子は晴明へ笑《え》んだ。

「おにいちゃん、のんで」

「……ありがとう、ございます」

予想していなかったので、目を丸くするだけだ。

――闇皇が、デレデレになるのもなんとなくわかる気がした。ではなくて。

(子供なんか……！　面倒《めんどう》で鬱陶《うっとう》しいだけだ！)

必死に否定する。

晴明の好き嫌《きら》いに関係なく、主《あるじ》たる皇子に命じられたから従うだけだ。そうだ仕方なくだ。

とはいえ、バスの中では飲めまい。

「……バスを降りたら、いただきます」

「うんっ」

約束すれば、皇子は嬉しそうにこっくり頷く。

少し照れたようで、頬を染めている。照れ隠《かく》しなのか、甘雨を軽く叩《たた》いてじゃれつき始めた。

(目が、離せない……)


しみじみ考えて、はっとなる。

道満が、晴明を凝視《ぎょうし》している――我《われ》に返った。

(いいいや！　目が離せないのは私の主だから！　保護欲出るのは自分の仕事だからだし！　闇皇命令以外のなんの理由もないし！)

「……晴明、気持ち悪い百面相をしているぞ」

必死に自身に訂正《ていせい》を入れる晴明へ、静観していた道満が憐憫《れんびん》の視線を向けてくる。

まずい、と思ったのですぐに真面目《まじめ》な表情を作り、真剣な口調《くちょう》で言い繕《つくろ》った。

「陰陽《おんみょう》の練習だ」

「そんな練習はない」

「…………」

無言で道満の頭を一発殴《なぐ》ってみる。

アメを奪《うば》うぞ、と言ってやろうと思ったが、さらなる憐憫の視線が向けられそうなので思いとどまった。

――この古なじみ、本当に、面倒くさい。

見学

「おー。ついたぞ！」

甘雨《かんう》が楽しそうに声を上げる。

バスの終点に着くと、観光客が次から次へと降りていく。ここは華厳寺最寄《もよ》りのバス停留所だ。

「この、乗った時に入手した紙切れの番号は？」

「上の一覧表を見て、適正な通貨を支払うんだ」

晴明《せいめい》は、オモテでいえば中学生なるものの年齢《ねんれい》らしいので、大人《おとな》料金になる。

甘雨や瑞宮《みずみや》とともに料金を払う皇子《おうじ》の背後《はいご》についていて、オモテの金を用意した。

目の前では、皇子が母に言われた通り、運転手へぺこり、と頭を下げていた。

「どうもありがとうございましたーっ」

「気をつけて行くんやで、可愛《かわ》えお嬢《じょう》ちゃん」

運転手の、孫に対するような優しい声音《こわね》に対し、ステップを降りていた皇子の笑顔が凍りつく——あ、本当にわかりやすい。

「まーまー、后《こう》がおとこってわかるオトナはめったにいないじゃんーっ」

バスから元気に飛び出ながら、甘雨が邪気《じゃき》のない暴言を皇子へ投げる。

では子供はいるのか。いないだろう、と思うが黙《だま》っている——皇子の表情が、すべてを物語っていたからだ。

「いるよっ！　おにいちゃんたち、おれがおとこだってさいしょっからわかっていたし！」

（いや、私は何も指摘していない）

言ったのは道満《どうまん》だけだが、可哀想《かわいそう》だったので頷《うなず》いておいた。

「へーそれはすごい」

甘雨がからかうように笑う。瑞宮も頷いた。

「后がおとこってさいしょからわかるなんてスゴいな。まるで、しってたみたいだ」

（……確信犯が……）

後鬼《ごき》瑞宮は、役小角《えんのおづぬ》の忠実な僕《しもべ》で、弟子《でし》である晴明とは、修行《しゅぎょう》でもよく遭遇《そうぐう》していた。

後鬼瑞宮は皇子の監視《かんし》のみで、晴明の邪魔《じやま》をしろ、とは命じられていないのだろう。ただ、協力しろとも言われてはいまい——そのバランスが悪い。

「お寺、行きたいから案内してくれる？」

「ん。あっち」

皇子は道満の依頼に頷くと、たたた、と先に走って道を教えてくれようとした。

バスに乗っている時から気づいていたが、年寄りや赤ん坊を連れている人をちゃんと大事に扱《あつか》っている。挨拶《あいさつ》などもきっちりできるようだ。

（オモテのご母堂の教育が、いいか……）

他の皇子皇女《おうじおうじよ》にはあり得ない。闇《やみ》の権力者は、相手を見下げることが多すぎる。

「世間《せけん》知らずな無邪気《むじやき》さだな。世の暗部なんざ、まるで知らないのだろう」

「だからといって、皇子へ犯罪はするなよ。師匠《ししよう》の名に傷がつく」

皇子を見つつしみじみと呟《つぶや》く、危ない古なじみへ忠告をする。嫌《いや》そうな視線がきた。

「……皇子から貰《もら》った缶を、大切そうにポケットの中で握《にぎ》りしめている変質者に注意されたくはない」

「お前は、アメを握りしめているだろう」

どっちもどっちだ。そして、虚《むな》しい言い合いだ、と気づき、やめる。

「……ま、誰《だれ》にも心を許さず生きねばならない、親に捨てられた私とは違う。闇皇《やみおう》に忘れられた皇子であろうが、一応でも親はいるのだから」

道満が、西芳寺川《さいほうじがわ》にかかる橋の上で指を鳴らす。

「事故のように見せかけ——突き落とす」

すると、寺に続く階段へ向かって走っていた皇子の周囲に、闇鬼《あんき》が数体現れた。

「しつこい、また闇鬼か……!?」

怒《おこ》るが、すぐには手を出さない。道満は知らないが皇子は現天后《てんこう》であり、次期闇皇だ。

オモテの血が混ざっていようと、たかが陰陽師《おんみようじ》見習いに殺されるほど弱いとは思えなかった。

「あれ……？」

周囲にいるオモテは誰も気づかないが、皇子は自身を囲む闇鬼の禍々《まがまが》しい気配を感じたらしい。階段を駆《か》け上《のぼ》る足を止め、怪訝《けげん》そうに周囲を見回した。

「お可愛《かわい》らしいお顔に傷をつけて殺すほど、私は残《ざん》酷《こく》ではないよ」

道満は薄《うす》く笑うと、指を鳴らす。

するると、闇鬼が一斉《いっせい》に皇子へ飛びかかろうとする。

「……！　ふざけるな、道満……！」

さすがに放置はできない。闇鬼らを消そうと晴明は呪符《じゅふ》を投げようとする――が。

「后ーっ、こっち！」

甘雨が、皇子の腕《うで》を引っ張り闇鬼が飛びかかるのを直前で避《よ》けた。

「わわ……!!　かいだんでふざけるなよ！　あぶないだろ！」

「わりーわりー、むしがいたからさーっ」

さらに甘雨は、虫をはたくフリをして闇鬼を消《しょう》滅《めつ》させた。

（絶妙《ぜつみょう》だな）

晴明の指示がなくとも、完璧に皇子を護る。

道満が、眉《まゆ》を顰《ひそ》めた。

「……無邪気なフリをして、可愛げがない」

「守護の目の前で、皇子を狙《ねら》うお前の極悪《ごくあく》さに比べれば、かなり可愛いと思うが」

言いつつも、甘雨が可愛いと思ったことはない。

「オモテの皇子の命を狙っているのは、萌葱《もえぎ》の一派から依頼を受けたからだろう？」

「……。後鬼瑞宮殿が手伝ってくれるのなら、簡単に任務遂行《すいこう》できたのだが」

否定しないのは、肯定《こうてい》も同然だ。

殺気を込めて睨《にら》んでいれば、道満が笑う。

「オモテに暮らす皇子など放っておけばよい、との意見もあったそうだが、警護が手薄《てうす》な今こそ殺すべき好機、と計算したらしい」

「……十二式神に選ばれた者の発言ではないな」

批難《ひなん》すれば、道満が平然と返した。

「公家《くげ》も公卿《くぎょう》も皇族《こうぞく》も、誰もかれも腐《くさ》っている。信頼はない。だから私は、晴明《おまえ》の式神になるつもりはない」

「……私服を肥《こ》やすだけの連中だけじゃ、ない。お前は、師匠を信頼していないのか」

「……。師は、陰明を通じ世の理を理解していらっしゃる。同じくくりにできようはずはない」

よかった。ここで不信を口にしていたら、晴明は道満を本気で怒っていた。

そうだ。少なくとも、晴明の周囲は大皇《おおきみ》や闇皇の意思に同意し、尽力《じんりょく》している。

「あっおにーさん、さきどうぞー」

「かいだん、きをつけてのぼってくださいー」

小声で会話していても甘雨や瑞宮には聞こえているはずである。なのに、まるで知らないそぶりをする様子《ようす》からして、彼らのしたたかさがよく見えた。

「わー、いりぐちにおじぞーさまいるー」

階段を上り切り、山門をくぐる手前で皇子と甘雨らも晴明と道満に追いつく。

甘雨は、皇子を背中に隠《かく》すように立っていた。

親切なフリをして、后に近づくな、と威嚇《いかく》しているのだ――道満だけでなく、主《あるじ》である晴明にも。

（……可愛げどころか、生意気《なまいき》ばかりだ）

その姿は、親犬が子犬を護る姿に似ている。

「このおじぞーさまにおまいりするのは、おぼうさんから、きいろいお守りもらってからだよ」

山門前の地蔵《じぞう》を眺《なが》めている晴明へ、皇子が甘雨に手を握られたままながら、声をかけてきた。

「……どうして？」

あまり皇子に気にかけられたことがなかったので、ぎくしゃくしないよう気をつける。

当然のことながら、晴明はこの地蔵もお願いの仕方もご利益《りやく》も寺の歴史すら詳細《しょうさい》にわかっているが、そぶりにも出さなかった。

「たった一つだけお願い事をすると、お地蔵様が来て叶《かな》えてくれるんだよ……ね？」

「ん」

（おい待て、齢《よわい》十四にして少年愛好家が）

しかし、晴明の質問に答えたのは、いつのまにか皇子の背後にいた、文字通り『皇子を狙う』古なじみだった。

「……願うことは一つだけではないから。いい」

晴明には、望むべき未来が多すぎる。

「后こっちー、そこキケンー」

「ん？」

道満を睨みながら答えれば、甘雨がすぐに皇子を救い出す。現状の火花を、皇子だけがわかっていないようだ。

「おにいちゃん」

甘雨からも離れた皇子が、いきなり晴明の服の裾《すそ》へ腕を伸ばし、つんつん、と引っ張ってきた。

「おれのおねがい、あげる」

「――――」

上目遣《うわめづか》いの視線と合い、無言になってしまう。

「いいの？　でも君、願い事できなくなるよ」

道満が訊《き》くが、皇子はコクリと頷いた。

「なんか、おにいちゃん、なやんでる？」

（え……）

「そーかあ？　手下にめいれいしまくって、らくしてるよーにみえるぜー」

（甘雨、それがお前の本音《ほんね》か）

ニコニコ笑う無口な瑞宮はともかく、自分の式神の本音がそこかしこに転がっている。

「君は、何をお願いしようとしたの？」

鬱陶《うっとう》しくも再び皇子へ寄ろうとした道満が訊けば、すかさず甘雨の背中へ隠された皇子が答えた。

「おとこってすぐわかってもらえますようにっ！」


「ははーっ、后はいつもそれをおねがいするなー」

（いつもか）

晴明の望みより、祈願《きがん》達成の道は険《けわ》しそうだが。

「わらったほーがいいよ」

「？」

皇子が、晴明を見上げる。視線が合えば、にこ、と笑顔を向けられた。

「わらわないと。ふくのかみ、こないって。ばーちゃん、いってた」

「……すみませんね。楽しく幸せなことがあんまりないから、笑えないんです」

晴明の答えに、皇子は悲しそうに眉を下げる。そして、訴《うった》えるように告げた。

「しあわせやたのしーことは、まっててもこないよ。つくるんだ」

「……え」

「どーしてもわらえないときは、あまいものって」

再び笑《え》みを浮かべ、皇子が晴明の手元を指さした。そこには、晴明が摑《つか》んだままでいた甘酒缶《あまざけかん》がある。

飲んで、と大きな瞳で訴えかけてきた。

「フツーはしあわせになるって。オレは、ふこーになるからたべないけど」

「不幸？」

「むしばになって、比紗《ひさ》さんにはいしゃレンコウされたんだよね。后ったら、すごいこわがって、ないていたよね」

「うっうるさいなっ」

瑞宮が声をかければ、皇子はすぐに晴明から離れて言い訳をしに行ってしまった。

弁解に勤《いそ》しむその背後には、甘雨が瑞宮を威嚇するようにして立っている。もちろん、皇子だけが気づいていない。

「知ってる？　虫歯って人にうつすことができて、うつしたら自分の虫歯は治《なお》るんだよ」

そんな瑞宮と皇子の間に、道満が割り込んだ。

「えっ？　ほんとーに!?」

「どうやって？」

食いついた皇子に、黙って笑顔の瑞宮、その後ろから甘雨が牽制《けんせい》しつつ尋《たず》ねる。

道満が、皇子の顔に自分の顔を寄せた。


「こう、ね。痛い歯の方のほっぺを、相手の頬にぎゅっとくっつけるんだけど……」

「やめろ、変態。オモテのコンパのゲームか」

道満の頭を摑んで皇子から遠ざける。逆ギレか、晴明が道満に睨まれた。

「……お前、オモテに初めて来たとか、詳《くわ》しくないとか興味ないフリしていたが、実はとても楽しみでよく勉強してたろう」

「最低限の知識だ。変質者が」

「おっ、后ー。なか、はいるのにならぼー」

睨み返してやるが、そんな【おにいさん】二人の険悪《けんあく》さからは、甘雨が絶妙なタイミングで皇子の目を逸《そ》らした。

「んっ」

こっくり頷いて、瑞宮と手をぎゅっと繫《つな》ぐ。そしてたたた、と走って本堂へ向かうその小さな背を眺めた。

「……幸せ、か。私の願い事を叶えるために、皇子は自身の願いを犠牲《ぎせい》にしたり。どうやら、私は気に入られているようだな……」

思わず呟けば、道満が呆《あき》れたように反論してきた。

「皇子がお優しく寛容《かんよう》なだけだ。困っていれば、道ばたの雑草にだって甘酒を恵まれるさ」

「……枯《か》れるぞ」

「ものの例えだ」

「まーそれはともかくー」

常に皇子へ意識を向けている甘雨が、いつもの笑顔のまま、話に入ってきた。

「バスのなかと、かいだんで、へんなのがでてきたけど。なんか、やった？」

ニコニコ笑顔で道満を見上げる。読めない表情のまま、道満が静かに口を開いた。

「……やったとしたら？」

「ころす」

甘雨が明瞭《めいりょう》に、明るく断言した。

「后にへんなこと、これいじょうやったら、マジころすから。わかってるよな、道満」

揺《ゆ》るぎない自信は、子供の無謀《むぼう》さとは違う。甘雨には、断言できるだけの実力がすでに備わっていた。

道満が鮮《あざ》やかに笑んだ。


「……仕事でね。申し訳ないが」

「そっか。じゃーしょうがないかあ」

両腕を頭の上で組んで大きく伸びをしつつ、暢気《のんき》そうに言い放った。

「いま、しぬ？」

にこにこ笑顔の甘雨は、周囲を通り過ぎる観光客には晴明や道満の弟のように見えているだろう。

仮に聞こえても、子供のたわいなく意味のない言葉と認識されるはずだ。まさか、有言実行する強さがあるとは誰も思うまい。

「甘雨」

晴明が声をかければ、甘雨が顔ごと振り向いた。

ああ、やはり邪気はない。あるのは本気だけだ。

「道満は、同じ十二式神になる宿命星《しゅくめいせい》を背負っている。仲間同士の殺し合いは認めない」

「ちぇーっ。いまころしておかないと、おとなになったら后にメーワクかけそうだけどなーっ」

それは晴明も思う。——この短時間で、道満の変態度数が上がってる気がして危機感がある。今後、この古なじみへの接し方が変わりそうだ。

「それよりも、皇子から離れぬように。後鬼瑞宮は味方ではない。何かを仕掛けたらどうする？」

「役小角どのにめいじられてないらしーから、瑞宮はダイジョーブですよー」

「……確かに、忠実な僕《しもべ》だが」

後鬼瑞宮は役小角を慕《した》い、仏道に帰依《きえ》するほどに完全服従を誓《ちか》っている。

道満が、思い出したように訊いてきた。

「前鬼《ぜんき》はまだ、決まっていないのか？」

「どうだろうな」

まだ星には現れていない、と予知を司《つかさど》る師匠は言っていたが、道満に答える必要はない。

そんな晴明の思考がわかったのか、肩《かた》を竦《すく》めて呆れたように溜息《ためいき》をついた。

「役小角殿へ不満を抱《いだ》く公家へ、密告されるとでも思ったか？　いかな私でも、大恩《たいおん》ある賀茂忠行《かものただゆき》様を裏切りはしないが」

「信用はしていないな。己《おのれ》が守護すべき皇子の命を狙う外道《げどう》のことなど」

「守護になるとは決めていない――まあ」

道満は、背中のバッグから財布《さいふ》を取り出そうとしている皇子へ視線を向けた。

「……仕《つか》え甲斐《がい》のある、可愛さだが」

「へんたい」

甘雨の言葉だ。晴明ではない――先を越された。

なかなかに正直者である。おかげで、道満が黙った。

「甘雨ーっ！　なかはいっちゃうよー」

「おーっ、おれもいくーっ」

寺で参拝料《さんぱいりょう》を払《はら》い終わった皇子が手を振るのに、甘雨が元気に答えた。行こうとして、くるっ、と晴明を振り返る。

「后からもらったあまざけ、のまないならオレもらいますよー」

無邪気なそぶりで手を伸ばしてきたので、晴明はぱっと甘酒缶を隠した。

「皇子がくださったのに、お前にあげたらご不快に思われるだろう。ダメだ」

「后からもらって、ホントはすっげーうれしいんだー。このムッツリケチ」

「………」

どこで覚えた、その暴言。最後の一言……いや全部が余分すぎる。

「じゃーねっ！　おぼーさんのせっぽうおもしろいから、きいたほうがいいよっ！」

子供であることを盾《たて》に、甘雨は邪気もないフリをして、皇子のところへ走り去った。

「将来が、有望すぎる式神だな……」

道満の呟きに黙って頷く。傍《はた》から見れば晴明と道満だって十分に子供だが、甘雨を張り倒しでもしたら、確実に【イジメ】としてそこらの大人《おとな》に怒られる年頃だろう。

（いや、兄弟設定でいれば、苦笑くらいで……）

ダメだ、甘雨の方が、

『知らないお兄ちゃんにいきなり殴《なぐ》られた』

と気色悪い泣き真似《まね》をするだろう——ヤツは、良くも悪くも最強だ。

「一人五百円です」

寺の上がりでお金をきっちり一人分だけ払えば、道満が嫌そうに晴明を見てくる。なので、当然のように答えた。

「皇子の命を狙う愚者《ぐしゃ》の拝観料《はいかんりょう》は、奢《おご》らない」

「だろうな」

納得《なっとく》する道満が出した財布には、オモテの通貨がぎっしり入っていた。それだけ、オモテに通い慣れているのだ。というか、稼《かせ》ぎすぎだろう。

「道満、愚《おろ》かな公家を客とする不安定な仕事はやめよ、師匠も心配している」

「だからとて、師匠や貴様のように、闇皇宮《やみこうきゅう》で働くのは性に合わない。何より、闇皇であろうとも、私は心から尽《つ》くしたいと思わない」

「腹の黒い公家たちには、尽くしてるじゃないか」

「金のためだ。私の心はない」

忠義とは違う、と言う道満がポケットの中で何かを握っていることに、気づいた。

「アメ……」

「なんだ？」

「なんでもない」

呟きに反応すれば、道満が嫌そうに顔を歪《ゆが》める。

それを無視して、鈴虫の鳴き声がする部屋へ入れば、そこは大広間だった。

オモテ特有の、地位も関係なく大勢の老若男女《ろうにゃくなんにょ》が、長テーブルを挟《はさ》んで座り、お茶を飲みつつ和菓《わが》子《し》を食べている。

「そういえば、オモテの華厳寺《けごんじ》では、僧侶《そうりょ》が寺院や山門前の地蔵について、説明をするのだったな」

「闇でも似たようなものだぞ。民《たみ》を集めてはありがたい説法《せっぽう》をされている」

今ここには、二百人ほどがいるだろうか。どこに座ろうか、ハートを飛ばしてきている婦女子とは視線が合わないようにする。

「おにいちゃん、こっちこっち」

手前のわかりやすい場所に、皇子や甘雨、瑞宮が座っていた。

「キレイなおねーちゃん、おにーちゃんたちのせき、ふたつ、あけてくれる?」

(甘雨、世渡り上手《うま》すぎ……)

「いやーっ、あんたらごっついイケメンやなあ!? 将来楽しみやんか! さっ、おばちゃんの横座り!」

晴明と道満のために二つ座布団《ざぶとん》をズレてくれた、祖母と同じくらいの京都以外の関西圏《けん》ご出身とおぼしきご婦人へ礼を言いつつ座る。

「アメちゃん食べる?」

「いえ、甘いものは苦手なので」

(アメ、断っている……)

ご婦人が親切にもバッグから出したアメを、道満は爽《さわ》やかにお断りしている。晴明は一応貰っておいた。オモテの菓子には興味がある。

「……え?」

皇子が自分の菓子を甘雨へ渡しているのを横目で確認していれば、ふと妙《みょう》な気配に気づいた。

呪い屋

「あれは……？」

長テーブルの片隅《かたすみ》に一人で座っている。周囲の明るい観光客とはまるで違う、いかにも怪《あや》しい男だが、晴明《せいめい》と視線が合うとぱっと逸《そ》らされた。

目つきが鋭《するど》く、陰湿《いんしつ》なあの顔に見覚えはあった。

「萌葱《もえぎ》の上《うえ》お抱《かか》え陰 陽師《おんみようじ》・惟宗《これむね》氏の……？」

「部下だな。腕《うで》っ節《ぷし》にもそこそこの自信があるから、殺しも請け負《お》っている呪《まじな》い屋だ」

晴明の呟《つぶや》きには、道満《どうまん》が答えた。

「ばあちゃんからのあずかりもの、いつわたす？」

「おぼうさん、よびだすの？ 后《こう》」

甘雨《かんう》と瑞宮《みずみや》にも聞こえているだろうに、まるで様子《ようす》を変えることなく皇子と会話している。不愉快《ふゆかい》に眉を顰《ひそ》めたのは晴明と道満だけだ。

「念には念を入れ、オモテの皇子《おうじ》を狙《ねら》うか」

晴明は溜息《ためいき》をつくと、呪符《じゆふ》を取り出して投げようとする。しかし、速攻で道満に止められた。

「思い出せ。今の私たちは、結界ができない」

「……。符を投げて遊ぶ中学生として、大人《おとな》に叱《しか》られるのがオチか」

運よく呪い屋に届いても、周囲を囲む熟女《じゆくじよ》の皆様が興味から手にしてしまう可能性がある。というか、その可能性しかない。

「……【真見抜心呪符《しんけんばつしんじゆふ》】。すべて心を見透《みす》かす呪符だから、手にした者の心も暴露《ばくろ》される」

「……危険だな」

とても納得《なつとく》したので、晴明は呪符をしまった。

「名門安倍家《あべけ》の嫡子《ちやくし》、が神の子初代の名を譲《ゆず》り受けたと聞いたから、どれだけ天才かと思えば」

「――――」

すると、呪い屋の方から晴明に近づいてくる。

結界を張ったらしく、オモテの民《たみ》や皇子は存在すらわかっていない様子になった。

甘雨や瑞宮も気づいていないフリをしているが、呪い屋は二人の正体に気づいていないらしい。皇子だけを見て、いやらしい笑《え》みを浮かべていた。

「結界一つ作れない、安倍晴明と芦屋道満、とは……」

闇《やみ》の最強式神《しきがみ》と鬼がすぐ前にいることも知らず、呪い屋が二人を侮蔑《ぶべつ》する。

「——惟宗氏に、命じられて来たか？」

「俺より格下の能力者のくせに、家柄がいいからと、でかい態度だな。安倍の若造」

師匠《ししょう》に叱られて結界作り禁止中、とは言えず（ある意味こっちの方がみっともない）、晴明は呪い屋に気づかれないように甘雨を確認する。

「后ー。スズムシ、おれのせきのほーがみえる」

呪い屋から、皇子を護るための立ち位置に動いていた。そうとは知らず、呪い屋は鼻で笑う。

「ふん、このオモテのガキ、すぐ横に闇最強の呪い屋がいるとは知らず、暢気《のんき》な……。皇子と一緒に殺してやろうか」

「でっきるモンならやってみろー。ぜったいにかてるワケねーって！　しゅんさつ！」

「甘雨ったら、しょうじきすぎるよー」

甘雨と瑞宮が笑う。呪い屋はぎょっとして二人を振り返るが、皇子と腕相撲《うでずもう》を始める様子に納得した。

「……結界をしてるのだから、聞こえるわけないか」

（いや、確実にお前へ言ったんだけどな甘雨は）

親切な晴明は、伝えない——闇一番の呪い屋などと、誰《だれ》も言ってくれないから自称するしかないような、可哀想《かわいそう》な大人に追い打ちをかけてはいけない。

「なぜ、皇子を殺しに来た？　私がいるが」

道満が呪い屋を見据《みす》えつつ尋《たず》ねる。バカにしたような笑みを浮かべて呪い屋が答えた。

「たかが十四歳の陰陽師見習いのガキに、期待していると思うか？　お前は【罪被《つみかぶ》り】役だ」

「何……？」

道満が呟けば、促《うなが》されたようにさらに続いた。

「道満よ、お前は俺が皇子を殺した後、その罪を被るために送り込まれただけだ。最初から誰も期待なんぞしていない」

「————」

道満の表情が変わる。晴明は、そっと溜息《ためいき》をついた——これは、この古なじみの地雷《じらい》だ。

「俺が証拠《しょうこ》を残さず皇子を殺しても、捜査《そうさ》が深入りしないように、犯人はすぐ捕《つか》まるが好都合。そのために呼んだ。卑《いや》しきお前が、金のためならば誰にでも尻尾《しっぽ》を振ることは、内裏《だいり》で有名だからな」

「……なるほど。私を——騙《だま》したか」

道満が呟き、薄《うす》く笑う——晴明は、僅《わず》かに宙を眺《なが》めた。——緊急《きんきゅう》事態だ。

このままでは、激怒《げきど》した道満がスプラッタショーを始める可能性が極《きわ》めて高い。

（呪い屋が、私や道満も含《ふく》めて結界で隠《かく》しているから、最悪なことにはならないか……）

オモテに見えないことだけが救いだ。

「……皇子を、殺してみます？」

道満の殺気にすら気づいていない（自称）最強の呪い屋へ、晴明が提案する。

「ほう？　俺から皇子を護るのは無理と諦《あきら》めたか。賢明《けんめい》だな、結界すら作れないのだから無理はするな」

「いいえ、そういうワケではないのですが」

答えも聞かず、呪い屋は呪符を何枚も取り出して皇子へ投げた。

「何……っ⁉」

しかし、現れた住職の説法を聞き始めた皇子に触《ふ》れるまでもなく、呪符《それ》は吹き飛ぶ。

鳥の形の形代《かたしろ》を飛ばし、呪符で皇子を防護したのだ。

そんな晴明に気づかず、呪い屋が絶句する。

「……っ、皇子ゆえの、防護か⁉」

（……まあ確かに。私の守護がなくとも、現天后《てんこう》で次期闇皇《やみおう》としての最強の守護をされているが）

「ならば……！　攻撃《こうげき》を増やすまで！」

呪い屋が、倍の呪符を取り出して投げる。量で技能を補おうとする、典型的できないタイプだ。

「おいおいーホントむのうだなー」

「じぶんを、かくだいひょうかしてて、わるいよ」

（正直すぎるだろう、この六歳児たち）

どこで言葉を覚えている、甘雨と瑞宮。

呪い屋は、甘雨が皇子へ言ったものと断定したのか、今回は気にしていないようだ。しかし、投げた直後に晴明が呪符を消せば、それに気づかないで激しく動揺し周囲を見回していた。

「……っ、どういう……っ⁉　誰かいるのか⁉」

「私たち以外いませんよ」

溜息をつきながら、晴明は呪符を呪い屋に翳《かざ》す。

「な……っ⁉」

「結界を張ってくださり、ありがとうございました。おかげで堂々と術を使うことができます」

説明しつつ、机の上に指で呪《まじな》いを書き手印《しゅいん》を結べば、武人式神が四体召喚《しょうかん》されて呪い屋を囲った。

「っ、戦闘式神⁉　なぜあらわれた⁉」

「晴明さまは、ししょーにしかられて、ケッカイしよーきんしだっただけーっ、ふつーのオンミョージができるジュツはカンペキにきまってんじゃん。きづかねーおまえバカ」

「はあっ⁉」

「甘雨……悪い言葉、覚えすぎだ」

六歳児、舐《な》めた言葉を使いたい年頃だ。

呪い屋が、驚いて幼い顔を凝視した。

「……っ、俺の結界を破っただと……？　オモテのガキではないのか？　何者……っ？」

「私の式神、青龍《せいりゅう》甘雨ですよ。こう見えて最強です」

「……っ、生きて意思のある式神を創ったのか⁉」

あからさまに呪い屋の表情が強《こわ》ばった。

「そー。ふつうのにんげんといっしょー。せいちょうもするー。ただすげーツヨイだけー」

得意げに甘雨が補足する内容は事実だ。

「あり得ない！　この子供は異界の【イギョウ】なだけだろう⁉　こんな完璧《かんぺき》な式神を創るなんて、稀《き》代《だい》の大陰陽師以外は……！」

「ええ、史上最高の天才陰陽師だから、神の子の御《み》名《な》【安倍晴明】を襲名《しゅうめい》させてもらえたのですが」

何を当然のことに動揺《どうよう》しているのか、この大人は。

「この……横のガキも式神か⁉」

「ちがうよ」

甘雨の横でニコニコ笑っている瑞宮へ動揺しつつ指を差した呪い屋だが、否定には安堵《あんど》したようだ。

穏《おだ》やかな気配のまま、瑞宮が続ける。

「ぼくは、おにだから」

「……え？」

「後鬼《ごき》瑞宮。役小角殿《えんのおづぬどの》の忠実な僕《しもべ》にて、鬼の最高峰《さいこうほう》。【イギョウ】ですから私は創造主じゃないです」

詳細《しょうさい》は晴明が伝える。呪い屋の瑞宮を見る目が変わった――怯《おび》えが見える。

「役小角に刃向《はむ》かう者を、すべて喰《く》らう鬼……!? それを操っているのはこんな子供だったのか!? そもそも、なぜオモテにいるんだ!?」

「てんせーしたからだよなあ? 瑞宮」

「后のそばにいろって、役小角さまにめいれいされたから。それいがいは、ありえないよね」

顔を見合わせて甘雨と瑞宮が答える。

同時に瑞宮の背後で異次元穴が開き、無数の鬼が控えているのが見えた。

「ひっ……!?」

そんな間も、皇子はオモテと一緒に僧侶《そうりょ》の軽妙《けいみょう》な説法を楽しんでいる。呪い屋に、まったく気づいていないのは不幸中の幸いだ。

「……っ、オモテに暮らす、最下位であろう皇子になぜ……!? 何か、あるのか!?」

「知る必要はないですよ」

たしかに、役小角も何か察知しているのかもしれない。


「く……っ!」

呪い屋は逃《に》げようとするが、武人が囲っているので暴れることすらできない。

「晴明さまー。后になんかしたらヤだから、もーころしちゃいますー?」

「待ちなさい甘雨。いかに結界があっても、ここは寺内《じない》です。汚《けが》すのはいけません」

「だいじょうぶ、したいはぼくのペットがキレイにのこさずたべるから」

異次元穴に控える鬼を指さす瑞宮は、物騒《ぶっそう》だ。

「お、いいねー。ソーシキもてまにならないしー」

「駄目《だめ》だ、青龍」

しかし、無邪気《むじゃき》な暴言をたしなめたのは、創造主の晴明ではない。

「この男は、私が殺すのだから」

道満が静かに呟く。その手には【呪滅符《じゅめつふ》】――敵の呪いを消滅《しょうめつ》させる符がある。呪い屋が鼻で笑った。

「馬鹿馬鹿《ばかばか》しい。それは、現陰陽師の頂点・賀茂忠行《かものただゆき》が最強秘術の一つではないか……! 愛弟子《まなでし》の晴明とは違い、卑《いや》しき出生の貴様が相伝しているはずはない！」

「うちの師匠は、出生で弟子を選びませんよ」

溜息交《ためいきま》じりに晴明が答える。

「才覚あれば、闇世界を支える陰陽師に育てます。私腹を肥《こ》やすことしか考えていない、そちらの上司の惟宗是邦《これむねのこれくに》と一緒にしないでいただきたい」

「な……っ!? 道満が、賀茂忠行の弟子!?」

「晴明に負けず劣《おと》らずの、天才なものでな」

絶句する呪い屋に向かい、道満が微笑《びしょう》する。

「ちなみに道満の名前は晴明と同じく、闇皇様と師匠がくださった。……陰陽師には有名な話だが、知らなかったか？」

「……っ」

見下す物言いをしつつ、道満が指を鳴らす。

「う、うわああ!?」

すると、呪い屋の背後から闇鬼《あんき》と妖魔《ようま》が大量に押し寄せ、あっという間に飲み込んでしまった。

「……魔召来符《ましょうらいふ》。骨肉だけでなく、魂《たましい》まで喰い尽《つ》くさねば離れない闇鬼だ。私をあざ笑った罰《ばつ》と思え」

◆オモテの皇子◆

「……本当に、プライドだけは高いヤツ」

「人のことが言えるか」

晴明《せいめい》の溜息に反論する道満《どうまん》の眼前では、闇鬼《あんき》の巨大な塊《かたまり》が無気味に蠢《うごめ》いていた。

周囲の平和な様子とはまるで正反対だ。皇子《おうじ》も結界内の出来事に、気づいていない。

「見下げられても仕方ないだろう。私たちの立場は陰陽師《おんみょうじ》見習いで、正式な場での実績もないのだから」

「そういう晴明《おまえ》も、呪《まじな》い屋のあの態度を不愉快《ふゆかい》に感じていなか……、っ!?」

殺気を感じ、二人同時にばっと振り返った。すると、闇鬼の塊が一ケ所溶《と》け始めている。そこから、呪《まじな》い屋の激高《げきこう》した顔が覗《のぞ》いていた。

《……ざけるなぁ……っ、ガキに、やられるか！》

「……私の術が、効《き》かない……？」

歪《ゆが》んだ表情なのは、怒《いか》りのせいか。まるで闇鬼を大量に身につけているようで、異様な風貌《ふうぼう》だ。

《があぁぁ！》

「わー闇鬼のにくだんごー。まずそー」

「いったいかして、にんげんのいしきなくなったみたいだね。闇鬼もめいわくだ」

笑う甘雨《かんう》は皇子を背に隠《かく》し、瑞宮《みずみや》と会話する。

「……術は失敗したようだな。道満に雑念が入り、完璧《かんぺき》でなかったから、隙《すき》ができた」

怒っていたからだろう、晴明はすぐに理解する。

「反省だな。まさか、修行《しゅぎょう》中に晴明が師匠《ししょう》からよく注意されている過《あやま》ちを犯《おか》すとは」

しかし、納得《なっとく》した道満の言葉には大いに不満があった。もちろん異議を唱《とな》える。

「なんだその言い方。修行の時は道満《おまえ》が下らないケンカを売ってくるからそれを買い、結局はお互い説教されているだけではないか」

「私は、晴明《おまえ》のように術を失敗したことはない」

「それは、難《かん》しい術だけだ。道満《おまえ》がいつも練習しているような簡易《かんい》な術なら、私は寝てても失敗しない」


正論を主張すれば、道満がより一層、不機嫌《ふきげん》になった。

怒りを隠さず、呪符《じゅふ》を取り出してくる。

「ふざけるな、そこまで言うなら今ここで勝負をするか？　必殺の【呪撃符《じゅげきふ》】受けてみろ」

「ああ、あの貧弱《ひんじゃく》な攻撃符か。私の【防爆符《ぼうばくふ》】で簡単に防げる」

晴明も道満へ臨戦《りんせん》態勢だ。

「晴明さまー。にくだんごはほうちでイイですか――？」

「后《こう》をねらってるよね」

「「え？」」

はっと気づき、甘雨が指差す方を見る。

《おおおお……！》

呪い屋が、獣《けもの》のような唸《うな》り声を上げて皇子に襲《おそ》いかかろうとしていた。これはマズイ。

「っ、くそ……！　道満の邪魔《じゃま》のせいで！」

「何を。ケンカを売ったのは晴明だ」

「ふたり、くっだらねー」

生意気盛《なまいきざか》りの六歳児の呟《つぶや》きは無視だ。

晴明は道満を放置して呪符を皇子へ投げ、呪い屋からの攻撃《こうげき》を防御《ぼうぎょ》した。

《ぎゃあああ！》

苦しそうにもがくが、消滅《しょうめつ》することはなかった。

「……駄目《だめ》だな、弱めるのが精《せい》いっぱいか……呪い屋が完全に人間を捨て、闇鬼の能力を吸収しているから」

「戦闘《せんとう》経験の少なさが原因か、初めて遭遇《そうぐう》するケースの呪い屋で応用がきかない。どの呪符で倒すのが最も効果的か、わかりにくい」

能力は圧倒的《あっとうてき》に晴明や道満の方が上なのに。まだまだだ。

「……え？　なんか……いるの？」

皇子は闇鬼だんご……呪い屋の気配を察知したのか、姿が見えてないだろうに呪い屋を不安そうに見上げる。

しかし、逃《に》げることはせず――

「……皇子？」

皇子が、結界の中にいて見えないはずの、晴明と道満の方へ視線を向けた。


ゆっくりと、手を伸ばしてきた――晴明も無意識に手を伸ばし、小さい掌《てのひら》にそっと触《ふ》れる。

――と、道満も同じことをしてきていたので、かなり不愉快だが。

「っ!?」

《ぎゃあ……！》

皇子と触れ合った瞬間、晴明の体が熱くなる。

「え…？」

眩《まぶ》しいほどの光が脳裏に生まれたかと思えば、目の前で闇鬼の塊となっていた呪い屋が消滅していたのだ。

「――あとかたもなく消えた……？」

驚《おどろ》いていれば、道満が横で呆然《ぼうぜん》と呟く。

「――自分の持っている能力が、一度に放たれたような――そんな感覚が、あった……」

（……皇子が、天后《てんこう》の力を私たちに……？）

自分より高い能力者と触れ合うことで、その能力を借りることも可能だ、とは師匠に聞いていた。

（これか……）

オモテの皇子の能力に初めて触れた。

「おにいちゃんたち、どうしたの？」

呪い屋が消えて晴明と道満を隠していた結界も失《な》くなれば、皇子が話しかけてきた。

「おぼうさんのおはなし、おもしろかったね」

「……ええ、まあ」

今までの出来事には気づいておらず、晴明たちも皇子と同じく楽しく僧侶《そうりよ》の説法を聞いていたと思い込まれている。

それは周りのオモテも同じことで、次々と満足そうに微笑《ほほえ》みつつ、皆が広間を出ようとしていた。

「おまもり、かっていく？　后」

「ぼくたちも、おこずかいをもらってきてるんだよ」

「ん」

いつのまにかそんな一行に紛《まぎ》れつつ、瑞宮が皇子へ尋《たず》ねた。返事を聞いて、甘雨が笑う。

「んでさ、なんでさっき、てをのばした？　后」

「て？」

天后の力を放つ直前、晴明（と道満）に触れた時のことだ。

「がいちゅう、みえた？」

甘雨、創造主に対して暴言三昧《ざんまい》である。

ああ、と思い出したような顔をしてから、皇子は少し考えるように首を傾《かし》げた。

「んー、なにもみえなかった……けど」

晴明と道満も皇子の横に立ち、答えを聞く。

「なにかが、こまってるきがしたから。……あっためてあげたいって」

「……え？」

「そうしたら、ひかりにかわったきがした」

にこ、と笑う。

晴明と道満は、思わず顔を見合わせた。

「……無意識に、私を護ろうとしてくださったのか」

「図々《ずうずう》しいぞ道満。従者である私にのみ、力を貸してくれようとしたんだ」

晴明が睨《にら》めば、道満が鼻で笑った。

「私は皇子を守護する宿命星《しゆくめいせい》を背負っているのだろう？　ならば選ばれても不思議であるまい？」

「……私の十二式神《しきがみ》に加わるのは嫌《いや》だ、と言っていたのは、道満《おまえ》だが？」

「ああ、まっぴらご免《めん》だが？」

通りすがりの観光客と視線が合う。しまった、結界がないので、中二病なるオモテ独特の病《やまい》にかかっていると勘違《かんちが》いされたかもしれない。

危機感を抱《いだ》いていれば、皇子がぱっと振り返った（聞かれていたか、まずい）。

「おにいちゃん、これ」

「え？」

聞こえてはいなかったらしい。つん、と袖《そで》を引いて皇子が差し出してきたのは、黄色いお守りだった。

「……これは？」

「やくそく。おれのおねがい、つかっていいよ？」

山門前の地蔵《じぞう》へ願いを込めれば叶《かな》うと言われているのだが、一つしかお願いできない。足のある地蔵なので、願いをした者のところへ行き、そして願いを叶える、と言われている。

「けど、后のおねがいつかったら、おじぞうさん、后のところにくるよ？」

「そっか……どうしよ」

瑞宮の指摘で、皇子ははっと気づいたようだ。

「せっかく、こんげつのおこづかいはたいてかったのに」

「え……？」

小さな手にぎゅっと握《にぎ》りしめられた黄色いお守りを、晴明は見た。

「やさしいね」

道満が無礼にも皇子の頭を撫《な》でる愚行《ぐこう》をしつつ、苦笑して提案する。

「自分のお願い、このお守りでしなよ？」

「ううん、しない」

首を横にふるふる振ると、皇子は晴明が受け取らなかったお守りを道満へ差し出した。

「……え？」

「こっちのおにいちゃんが、つかう？」

「――」

予想していなかった答えだったのか、道満が無言になる。皇子が、何か閃《ひらめ》いた笑顔を向けた。

「おれのトコロに、おじぞうさまきたら、おにいちゃんのおねがいを、いっておくよ！」

「……自分のお願いは、ないの？」

道満が尋ねれば、皇子は少し考えた。

「……だいじょぶ」

（あるだろう）

性別を間違えられないように、だ。皇子からしたら切実なお願いである。

「后、あっちのおにいちゃんのおねがいは？」

瑞宮が、晴明を指して訊《き》く。皇子が、はっと思い出したように見つめてきた――忘れていたのか？

「あ、そか……」

（そかって。傷つくじゃないか）

「たくさんありすぎて、おねがいできないっていってたから、いらないんじゃね？」

「そっか」

（おいコラ、甘雨）

横から顔を出してきた甘雨の言葉に、皇子が納得してしまう。何か言おうと思ったが、道満の方が僅《わず》かに早かった。

「いいかな？　あいつではなく私のために、願ってくれる？」

「んっ」

力強く頷《うなず》く皇子は、大きな任務を得たような表情だ。

（道満死ね）

「……ありがとう。では、私のお願いだけど」

晴明の呪《のろ》いを知らず、道満は笑《え》み、皇子の眼前《がんぜん》に跪《ひざまず》いた。

――服従の意味だ。こんな道満は、初めて見た。

「おにいちゃん……？」

皇子はきょとんとしている、意味がわかっていないのだろう。

「……私が、私の唯一《ゆいいつ》の主《あるじ》をずっとお護りし続けていられるように、祈ってください」

大きな瞳をじっと見つめつつ、道満は懇願《こんがん》するように言う。師匠にすら見せない殊勝《しゅしょう》な態度に、晴明は道満の不幸を望まずにはいられない。

「その前に、主人が決まるよう就活祈願《きがん》した方がいいんじゃないか？　道満」

「……晴明、今まで私に幾度《いくど》となく何になれ、と言ってきていた？」

「死体になれ、だったか」

「……お前の本音《ほんね》は、そこか」

睨み合う。険悪《けんあく》状態は今さらだ。

甘雨がはは、と笑って指摘した。

「じゅうにしきがみだよなー。しゅじんは晴明さまってことだー道満ものずきー」

「甘雨、無邪気《むじゃき》を装《よそお》って暴言か」

「……青龍《せいりゅう》、わざと勘違いをするのはやめろ。晴明が主なんて絶対に嫌だという私の真意をわかっているだろう」

確信犯だ。

「ねえ后」

相容《あいい》れない三人の横では、瑞宮が我《われ》関せずのまま道満を指さして皇子へ尋ねていた。

「后、このおにいちゃんが、ずっとそばにいて、后をまもりたいって。どうする？」

「おれも、いっしょうけんめい。おにいちゃんをまもる！　がんばる！」

「……」

道満は晴明と甘雨の苛つきを無視し、皇子を凝視《ぎょうし》する。

その鬱陶《うっとう》しくも熱い視線がウザすぎだ。

「ころしてー」

将来有望すぎるちびっこ最強式神に、これは同意できる。

「ねえ后、こっちのおにいちゃんのことは？」

瑞宮は、最後まで晴明たちを赤の他人という扱《あつか》いでいるつもりか。心理的修羅《しゅら》中の晴明と甘雨に気づかないふりをして、今度は晴明を指して皇子へ尋ねた。

「まもる！　たたかう！」

すると意気揚々《ようよう》と、さらに断言する皇子だ。

「道満の時より、力強いな……」

「きのせいー」

晴明の意見だが、これは違う。

「そういえば后、せいぎのヒーローになりたいから、カラテはじめたんだもんね」

「たたかうチャンスがあってよかったなー」

「ん」

「つまり、晴明のためではないな」

嬉《うれ》しそうに頷く皇子の横で、道満がドヤ顔をしてるのが腹立つ。

「晴明、私は決めたぞ」

なんだろう、道満が何かに目覚めたような、晴れ晴れとした表情をしている。

警戒《けいかい》している晴明へ、道満がいつになく強い口調《くちょう》で断言してきた。

「私は皇子と、心が繋《つな》がっているからこそご助力を得たのだ。ならば天命に従い、皇子を唯一の主とするべきだと気づいた」

「は？」

「おもいこみー」

晴明の心からの呆《あき》れ声と甘雨の正直すぎる意見が飛ぶ。しかし無視し、道満がさらに自己完結していた。

「何より、この皇子の心の優しさを信じる。私を裏切ることはない――確信した」

「気のせいじゃないのか？」

「でんぱー」

ちなみに皇子は、瑞宮と一緒に地蔵へ祈《いの》るための順番待ちの列に並んでいる。なので、道満のたわ言は聞こえていない。


「皇子……オモテの皇子こそ、私が探していた、ただ一人の真《まこと》の主である、と」

「酔《よ》っ払《ぱら》っているんだな」

「后によったらころすー」

「お前ら、私の式神化に反対なんだろう本当はなる気もないくせに、道満が文句を言う。

星が選ばなかったら式神にしたくないので、ここは正直に黙《だま》っておく。

ちなみに、甘雨の道満に対する率直な意見を放置しているのは、故意《こい》だ。

甘酒

「おいのり、するよーきてきてー」

地蔵《じぞう》へ祈《いの》る順番になったのか、皇子《おうじ》が（極《きわ》めて緊《きん》張感溢《ちょうかんあふ》れる戦意の中の）晴明《せいめい》たちへぶんぶんと手を振ってきた。

「おにーちゃんのおねがい、瑞宮《みずみや》がいのってくれるって」

嬉《うれ》しそうに皇子が報告してきたので、晴明は思わず言葉に詰《つ》まる。

（鬼に肝喰《きもく》われるのが、条件とか？）

警戒する晴明へ、ニコニコ笑顔の瑞宮が頷《うなず》く。

「うん、なんでもいって。けんおするげぼくを、ごっかいへたたきおとしたい、とか」

「なになに？　それどういういみ？　瑞宮」

「しあわせになるおまじない、かな」

「すっげー！　むずかしいことばカッコイーー！」

何も知らない皇子へ、こういう会話を日常的にしているのか。瑞宮に確信犯的な慣れが窺《うかが》える。

「……特に、願いはない」

瑞宮が物騒《ぶっそう》だから、遠慮《えんりょ》したのではない。

「……おれのおねがい、あっちのおにいちゃんにわたしたから？　ごめんね」

「……そういうわけでは、ないですよ」

否定をすれば、皇子はホッとしたように笑った。

ずっと、気にしていたのかもしれない。

「けど、おにいちゃんのことはまもるよ！　あくとたたかうから！　からてやってるし！」

「……ありがとう、ございます」

「うんっ、やくそくするっ」

まっすぐで明るくて――闇《やみ》の一族がどうしても惹《ひ》かれてしまうような、眩《まぶ》しいほどの輝きがある。

（闇皇《やみおう》様が可愛《かわい》がるのも……わかる気がする）

晴明は子供は嫌《きら》いだし、ビジネス的なただの主従関係なのだが。

視線でだって、追い続けていないし。絶対。

「素直《すなお》で、可愛らしいな……私欲に肥《こ》えた他の皇族《こうぞく》や公卿《くぎょう》とはえらい違いだ」

「……やはり、少年好きに目覚めていたか」

しみじみ呟《つぶや》く道満《どうまん》の手には、皇子から貰《もら》った例のアメがある。晴明は責めてやったが、反対に呆《あき》れた視線で返されてしまった。

「違う、と言ってるだろう。忠義を尽《つ》くせる主《あるじ》に逢《あ》えて感動してるだけだ」

「道満、お前は自分の願い事のためのお守りを買え。私の皇子の負担になるな」

「断る。皇子の方からお声をかけてくださったんだ」

優越感《ゆうえつかん》に笑《え》む――本当に、腹立たしい。

「おにいちゃんのぶん、おいのりしたよっ」

地蔵から離れ、皇子が瑞宮と一緒に意気揚々《ようよう》と駆《か》け寄ってくる。ちなみに甘雨はいつも皇子のすぐ背《はい》後《ご》にいて、周囲を警戒《けいかい》していた。これが青龍《せいりゅう》の立ち位置だ。

「ありがとう。本当に嬉しいよ――ところで、もう一つお願いあるんだけど、いいかな？」

「ん」

道満が、階段の上に立つ皇子に視線を合わせるように、数段下《お》りた。周囲を歩く女子が見ているが、そんなのはいつものことだから晴明ももう気にするのをやめる。じっと見つめ、道満が皇子へ熱く告げた。

「また、逢ってくれる？　これからも――ずっと」

「？」

「あなたのために、生きたいのです」

道満が、柔《やわ》らかい声音《こわね》で懇願《こんがん》する。

（死ね）

まがうかたなき、晴明の本心だ。道満が皇子を護る式神《しきがみ》であることはもう、星の彼方《かなた》に忘れた。

「なんぱー」

「こどもずきの、へんたいだよ」

「絶対に、二人きりにしてはいけないですね」

甘雨の正直な見解は想定内だが、瑞宮も同意してきたので晴明も大いに頷く。

「お前ら……失礼だな」

「日頃の行いのせいだろう」

道満を式神にする時は、しっかり手綱《たづな》を引かなくてはならないと確信する。それこそ、心臓を奪《うば》って服従させるくらいに。

「うん。あう。おにいちゃんだいすきっ」

「な……っ!?」

危機感を募らせている晴明の目の前で、何もわかっていない皇子が道満へこっくり頷いた。

しかし。

「こっちのおにいちゃんもいっしょでっ!」

「え……?」

晴明の腕《うで》を摑《つか》み、皇子が断言する。予想していなかったので驚《おどろ》いた――思わず、マジマジと幼い顔を眺《なが》めてしまったのだが。

「ちょうきけんー」

「后、はんざいにまきこまれるよ」

(までコラ、可愛くない六歳児たち)

こんな甘雨と瑞宮の側《そば》にいて、よくも皇子はここまで純粋《じゅんすい》に育ったものだ、と感心してしまう。

よほど素直でいい子でなければあり得ない。

――そうだ。とても性格がいい皇子なのだ。

「……晴明と一緒に、か。鬱陶《うっとう》しいな……」

「道満だけで、皇子に会わせるわけがないだろう。第一の従者として絶対に許さない」

不服そうに呟く道満へは、牽制《けんせい》をしておく。でなければ、ストーカーをしそうな勢いだ。

(仕方ない……。今後は、私もオモテによく来て、皇子をお護りする必要があるな)

全力で、皇子を見守ろう。

(あ)

溜息《ためいき》をつきつつ、ふと伸ばした手に硬《かた》いものが触《ふ》れる。取り出して、思い出した――皇子から貰《もら》った、オモテの飲み物だ。

「……おにいちゃん、まだのんでない?」

「今、飲もうと思っていました」

皇子に指摘され、晴明はプルに指をかける。ちなみに開け方は、オモテ雑学で学んだ。

(……甘)

闇にも、麹《こうじ》を天日《てんぴ》に干して発酵《はっこう》させて作る甘酒がある。頭脳労働の多い仕事ゆえか、決して甘い物は嫌いではない晴明だが、飲んだことはなかった。

それでも。

「おいしい?」

「……はい」

初めて飲んだオモテの飲料は、とても甘かった。

届け物

「ところで、お祖母《ばあ》様に頼まれたという届け物は渡してきたのですか？」

華厳寺《けごんじ》に皇子《おうじ》がやってきた用事を思い出し、晴明《せいめい》が尋《たず》ねる。

「ああ、皆さん仲良くなったようで……よかったです。来ていただいた甲斐《かい》がありました」

「お……っ!?」

背後《はいご》から声がかかり、振り返って——絶句した。

「大皇《おおきみ》!?」

闇《やみ》世界の先代の闇皇《やみおう》が、なぜかオモテの華厳寺で、箒《ほうき》を持って立っていた。

「バイクのおぼーさんっ」

たたた、と皇子は走り寄ると、背負っていた荷物を下《お》ろして中から風呂敷《ふろしき》包みを出す。

「これ、おばあちゃんからのおつかい」

「いつもありがとう」

（いつも!?）

大皇の返答に驚《おどろ》く晴明だが、横ではさすがの道満《どうまん》も目を丸くしていた。

「月に一度は、こうしてオモテに来て、会っているんですよ。いつもは比紗《ひさ》さんか、お祖母《ばあ》様と一緒ですが」

「そう……だったんですか……」

「御門《みかど》も、比紗さんに后くんと会うのを禁止されてはいますが、遠くからよく見守っていますだろうな、と思う。あれだけ可愛《かわい》がっていて、会わないでいられるはずがないのだから。

藤王は、柔《やわ》らかい笑みを浮かべてじっと后を見つめていた。

「后《こう》くんは、本当に可愛いので。こうしてたまに会って、癒《い》やしてもらっているんですよ。御門も元気をもらってるようです」

「……はあ」

「わかりますでしょう？」

「————」

大皇には失礼だが、即答《そくとう》ができなかった。

否定だったからではない。

あの皇子相手では誰《だれ》でもそうなるのか、と感心する思いと納得《なっとく》する気持ちが交差してしまったのである。

しかし。

「后くんに接していると、温かい気持ちになれるのです。晴明も、同じ思いになったのでは？」

「……大皇」

複雑な心境は、大皇は十分にわかってくれているようだった。

「晴明」

そして、瑞宮《みずみや》や甘雨《かんう》とふざけ合う皇子を温かく見守りつつ、さらに続けた。

「これから、后くんの守護をお願いしますよ」

「――はい」

会う前まで思っていた義務からではなく、心から誓《ちか》うのは、当然のことで。

――ただ。

道満と甘雨の物言いたそうな視線は面白《おもしろ》くないので、あとで文句《もんく》を言おうとは思う。

終

天神家にお宅訪問!?

后たち家族が暮らすオモテの家は、京都の伝統的家屋である「町家づくり」。格子戸《こうしど》や虫籠窓《むしこまど》、犬矢来《いぬやらい》などが施された美しい外観と、「ウナギの寝床」と表現される、間口が狭く奥行きの深い構造が特徴です。

風呂上がりに側近と語らう(?)縁側。

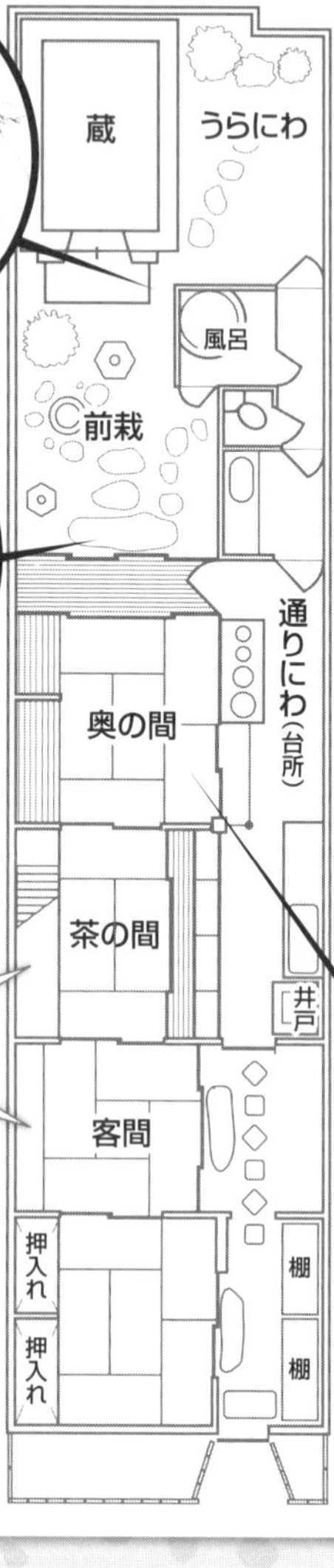

蔵
うらにわ
風呂
前栽
通りにわ(台所)
奥の間
茶の間
井戸
客間
押入れ
押入れ
棚
棚

いつもは茶の間でごはんを食べる。

御門が泊まる時はココ。

闇世界とつながった押入れ。

台所や洗面、お風呂などの水回りは、入口から奥に伸びる土間に一列に配置されています。

御門がいるときは奥の間で食事。

天神家1階

天神家2階

限られたスペースを有効活用するため、押入れ収納の上に階段がある。そのため段差はかなり急。

1階水場の屋根は、瑞宮たちの通り道。

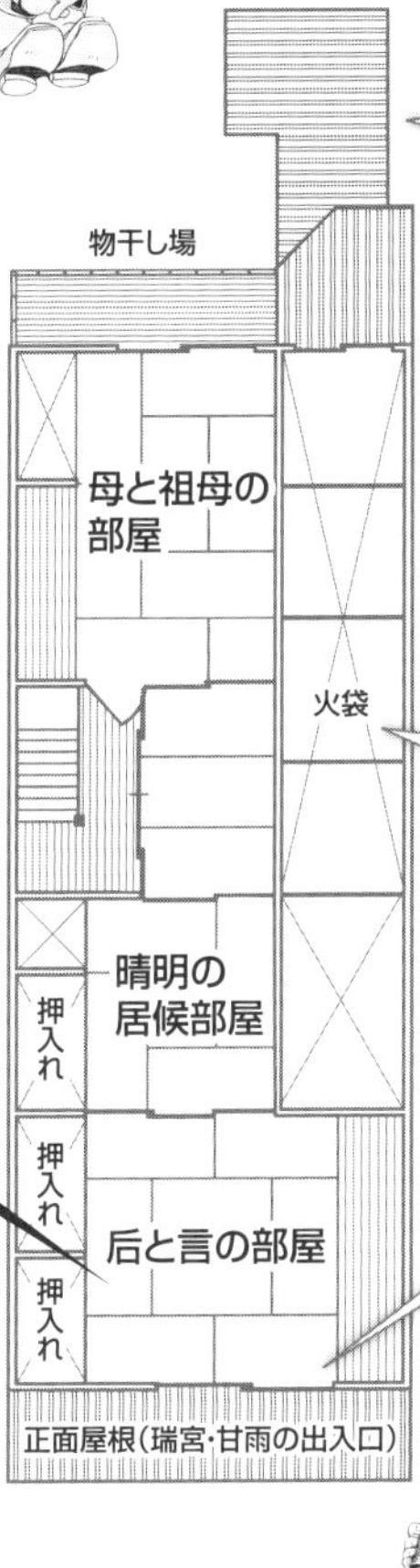

物干し場
母と祖母の部屋
火袋
晴明の居候部屋
押入れ
押入れ
押入れ
后と言の部屋
正面屋根（瑞宮・甘雨の出入口）

吹き抜けになった天井は、「火袋」と呼ばれ、むきだしの梁が美しい。

よく晴明が座っている窓。

京都には、町家をリノベーションしたカフェやホテル、内部の見学ができる施設もあります。興味のある方は、チェックしてみてね！

参考・協力：NPO 法人四条京町家 http://www.shijo-kyomachiya.jp/

ナイスカップル♥
わらわの将来の旦那様♥
綺麗でかっこよくて
優秀で…
わらわは早く結婚したい♥
闇皇の正妃となるのじゃ
いつからそんなに惚れておるのじゃ？
初めて会った時からずーっとじゃ♥
なるほど中々見所あるのわしに一目惚れするとは
ああ…本当に見つめれば見つめるほどわらわの完璧な理想じゃ
会話が…成立してる…
うるさい…
かみ合ってないけどかみ合ってますよね
微妙な壊れ具合が
牡丹と一颯ってずっと両想いだよ子供の頃からあんな感じで
言まで誤解したままか…修正むずかしそーだなー……
やみやみ劇場
by いとうあきと
ねた／かなざわありこ

発表!! 第2回 闇の皇太子 キャラクター総選挙

熱い応援に大感謝 !! あなたの推しキャラは第何位？

投票期間：2013年6月3日～7月31日
総投票数：4250票

1位 天神《てんじん》 后《こう》

1321票

◆いつもは頼りない感じなのに、仲間思いな姿はとってもカッコいい!! こんなお兄ちゃん私も欲しい!(リタ)
◆いつも前向きな姿に憧れます！ 素直に周りのことを思える心の強さとか、見習いたいとこたくさん。(ミラ)
◆まわりはイケメンだらけで強敵だけど、后は皆のアイドル。今回も一位になれるよ(笑)(ピーちゃん)
◆個性豊かな仲間に囲まれ苦労しつつも、その人たちのことを大事に思って頑張ってる后が一番好きです!! 大好きです!! 嫁にして下さい!!(←言くんに殺されますね(笑))(琴音)
◆当たり前でしょう！ 主人公ですもん !! 1位以外ありえません!!!(ゆりあ)
◆主人公はあまり好きにならない方だったけれど、后君は親しみやすく、ツッコミが面白いので、これからも頑張ってほしいです！(椎凪やや)

2位
633票

朱雀《すざく》 華《はなやぎ》

◆無自覚ツンデレ美人さんな華には、いつも癒しを得ています！ 本当に大好き！ 后との絡みがもっと見たいな一笑こんなお兄ちゃん欲しいです！（あむる） ◆式神のお母さん大好きー☆素敵すぎ…☆これからもツンデレ全開で頑張って o(｀▽´)o（まめこ） ◆旦那に欲しい！ 破に獄界に送られそうだけど…（当麻） ◆おかーさんでツンデレで常識人な分苦労が絶えないところが大好きです。（やひろ） ◆華さんの優しさに私は心臓どころか大気圏までブチ抜かれました。年中無休で華さんの応援してます。（グロアッシュ 3110）

3位
612票

主神《しゅしん》 言《ことい》

◆ブラコンモードの言も大好きですが、お怒りの言様モードにキュンとします (*´▽`*)（みー） ◆こんなにハイスペックでポテンシャル高いブラコン他に知りません！（歩） ◆このまま突き進め～!!（yami27） ◆あのお兄ちゃん大好きっ子なところがツボです！ 弟という立場でめっいっぱい兄に甘えてください！（匿名） ◆「ブラコン言」はもはや闇皇の特産。そんな可愛い言に清き愛の一票を!!（ゆうゆう） ◆かわいこぶりっこな所も冷酷な所も全部好き。（白熊アイス） ◆好き (///ω///)♪（とおや）

第2回 闇の皇太子 キャラクター総選挙

4位

550票

◆甘酒缶で殴られたい♡（まい） ◆少しでも良いので優しくしてあげて下さい（涙）（千沙） ◆ドSっぷりが素敵過ぎてハゲ散らかしそうです!! 笑（紫陽） ◆后に対するあまのじゃくな鬼畜ぶりが大好きです。どうか、晴明は報われて欲しい。（めいふぁ） ◆晴明さん大好きです !!! 后に素直になれないツンデレですが、そこが萌えますw これからも后にラブアタックして頑張って下さい (*^∀^*)(こむ茶)

安倍晴明《あべの せいめい》

5位

384票

◆霧砂眺めてるだけで幸せです。（せつこ） ◆晴明に冷静にツッコミ入れる霧砂も、后に対して王子様な霧砂も悔しいけどときめいちゃう !!（waijio） ◆晴明と不毛なやりとりをしている霧砂さんの苦労人なところが愛おしいです！ 頑張れ霧砂さん！（みさと） ◆眼鏡な霧砂を見てみたい（めろ） ◆かっこよすぎて大好きです !!(居眠り太郎)

霧砂〈芦屋道満〉《きりすな〈あしやどうまん〉》

6位

133票

青龍甘雨《せいりゅう かんう》

◆幼なじみで実は腹黒とか！ ポジション良過ぎでしょ!!（甘雨頑張れ !!!） ◆守ってるのが男子と分かってても嫉妬しちゃいます（笑）（緋柴） ◆とりあえず、変態側近に削られた后のメンタルケアをお願いします！ 幼なじみで親友という、式神の中でもベストポジションを持ってるんだから、余計なことは望まないでね(笑)(匿名) ◆腹黒最高 !! いつか本性がばれた時の甘雨が見てみたい (>_<)(やみこう☆)

第2回 闇の皇太子 キャラクター総選挙

7位
121票
役 小角
えんの　おづぬ

◆役小角好きです… !! 大人の色気…！ でもかわいいっ !!（まむきち） ◆子連れが似合いすぎて素敵過ぎるパパモード♪大好きー☆（みつぐ） ◆大好きな俳優さんが、演じられていたから、応援しますー！（めぐめぐ） ◆信念を持っている素敵な人だと思います。（こみや） ◆最近、苦労人要素が追加されたような気がする役小角。でもそんな貴方が大好きです！（みけにゃんこ）

8位
99票
白虎 破
びゃっこ　ほくと

◆もう最近の保護者大覚醒した破さんから目が離せません!! 后のパパです!! 精神的パパです !!(あすま) ◆破さまの局地的心の狭さと、ブラックぶりが堪らなく好みです。（めいめい） ◆破の笑顔が大好き！（ 優しいほうも恐いほうも ）華とのペアがとっても好きです！もっと絡みが見たいです！（銀夢） ◆最近、表立った腹黒加減にハマってます。（ミキ丸）

9位
87票
貴樹
たかき

◆皇子ラヴなところとか萌たんとの理解を超えた会話等など!! 短文では書き表せられないぐらい愛に溢れてます♡（ネピコ） ◆ギャップが可愛すぎて困る！（白魚） ◆イケメンとお馬鹿なギャップが可愛すぎて困ります。そしてアイドルモードの貴樹の１日を密着取材したいです。貴樹の写真集が本当にほしいです！（白玉だんご）

10位
77票
雲・和・清
きんと・なごみ・きよい

◆愛らしさを武器に、腹黒さを隠すその手管。見習いたいです。（nora） ◆大人な二人のトーク、大好きです！ 子供っぽく装っている（？）和ちゃんも、大・好きです !!（くればす） ◆清、雲、和、どの子もとてもかわいいです☆ 三つ子が元の姿に戻る日を楽しみにしています。頑張ってください☆（栞仲） ◆めっちゃかわいい三つ子♪（カオリ）

第2回 闇の皇太子 キャラクター総選挙

11位
38票

後鬼《ごき》 瑞宮《みずみや》

◆見た目かっこよくて、式神よりも強くていう事無しなのに残念なくらい言シンパなところが大好きです!!(おかさと)

12位
33票

徳長《とくなが》 家康《いえやす》

◆愉快でドSで后たちをかき回してくれるところが、好きです(笑)(炭酸水)　◆変態なところがまた良い!!(きのこあじ)

13位
25票

藤王《とうのう》

◆やっぱり藤王さまですよ♪ あんな、祖父様ならなんて素敵なことだろ。ロックなお姿も惚れ惚れします。(満月の夜)

14位
23票

前鬼《ぜんき》 楔《くさび》

◆楔の素直じゃない所が可愛い！ でもいつかは華と仲直り（？）してほしい！ 絶対！ 瑞宮との関係も大好き！（やみたS）

15位
20票

御門《みかど》〈闇皇《やみおう》〉

◆闇皇としての姿と后たちの前での姿のギャップ萌 (*>ω<*)(hachi*)　◆パパの親バカ暴走っぷり。毎回楽しみです。(匿名)

16位
14票

近衛大将《このえたいしょう》

◆まさかの学園編での登場に気分が高揚しました！ 表の服装も似合っていました☆ またの登場を楽しみにしています!!(雪だるま)

18位 9票

一颯《いぶき》

◆バカ加減がとてもちょうどいい！ なぜか、憎めないところもいい！（やみこ） ◆不器用？ないい奴。(´・ω・`)(ソルト)

17位 13票

小野 篁《おのの たかむら》

◆篁さまに一目惚れしました (´ω`*) なんでそんなに素敵なのー！ 今後の篁さまの活躍を願ってます！(颯天〈ソウマ〉)

18位 9票

閻魔《えんま》

◆待ってました！ 閻魔大王様!! これからの活躍を期待してます。(蓮)

18位 9票

玄武 水終《げんぶ うみ》

◆水終にだったら斬られても本望（ハル）
◆いつか鬼火と距離がもっと近づくのを楽しみにしてます！ …あるのかな(やみこー)

22位 5票

萌《もえ》

◆萌たんスッゴく可愛いです！ 可愛い鎌とのギャップがGＪ(^O^) クールな萌たんも機会があったら見たいですね！(わさわさ)

18位 9票

天神 比紗《てんじん ひさ》

◆理想のお母さん !! あったかくて自分の意志がはっきりしてて、后は比紗の血を濃くひいているのがよくわかります。(紗都)

第2回 闇の皇太子 キャラクター総選挙

25位
3票
神代《かみしろ》 白《はく》

◆まさにツンデレ！ 不器用なところがもどかしいけど、ツンデレ具合に萌える！ 何気に美少年だし(笑)(さなみ)

22位
5票
桔梗《ききょう》

◆優しいお母さんだし、近衛大将とまさに理想の夫婦♪ てれびが好きなトコロもかわいい(笑)(aki)

27位
2票
鬼火《きよか》

◆后に冷たいところが新鮮すぎる（笑）ちょっと変態っぽくて出てくるだけで笑えます。(ゆー)

22位
5票
神代《かみしろ》 黒《くろ》

◆優しいお姉ちゃん！ こんなお姉ちゃんがほしかった！ これからたくさん幸せになってほしいです。(ちー☆)

27位
2票
安倍《あべの》 雛芥子《ひなげし》

◆見た目は可愛くて大和撫子なのに、グロ系大好き女子（笑)。 雛芥子にたじたじになってる后も含めて好き！(塩大福)

25位
3票
井伊《いい》 直政《なおまさ》

◆ものすごい崇拝っぷりなのに徳長には若干ひかれてて可哀そう(笑)(YA ～ ME ～)

AFTER TALK

后「2連覇！　ありがとう！」
華「……いやこの順位、間違ってない？　統計の不具合とか」
言「明らかに間違っているな。僕が兄さんの隣でないとは……」
霧砂「私は十分満足です。女性に支持され喜ばない男はいない」
甘雨「えー舌打ちしてなかったっけ？　前後の2人がどーのって」
破「甘雨、何か不満ありますか？　目が笑っていませんね」
貴樹「オレっち我が皇子の隣☆」
役小角「……以前から思っていたが。お前の式神は、自由すぎる」
晴明「すーみませーんー師匠ー」
篁「あっ不機嫌？　順位不満（笑）」
瑞宮「后殺す殺す殺す呪怨呪怨呪」
一颯「おなごよ、遠慮せずとも」
神代白「……っ、主神言との、この差はなんだ……!!」

梛《なぎ》/白樫《しらかし》

番外編

◆スピンアウトの梛と白樫も大好きです !! 梛は頑張り屋でちょっと天然で、白樫はなんだかんだ言って白樫と仲いい感じなのが好きです！　またどこかで見れることを期待してます !!(橙)

某ホテル

◆京都○ラ○トンホテル さんへ 1 票お願いします。闇皇で知り、京都での常宿になりました(朝は和食がオススメ)

よいこの絵日記

よいこのえにっき

し がつ はれ にち

てんき はち

きょうは、しょうがっこ一ねんになった。かんうと水みやと手つないでいったんや。しらん人もいたんや。おかあはんおこってん。せんせが、水みやとオレ、おなごのれつ、つれていったんや。

のろわれろ、みずみやがいうたら、せんせがころんだんや。あんきこえーて、かんうが、わらってん。こうもころぶ？　水みやいうたら、かんうがニコニコだめやて。たのしそうやった。みんな、なかよしやで。

よいこのえにっき

ごがつあれにち

てんき　かめ

うんどう会や。おべんとおうえんあった。

しらん人まざろうしいや、おかあはんどつきおった。ようしゃなかってん。

オレ、かけっこ一とうでな。だんすは、おなごやくやって、かんうと、おどったんや。

しらん人、なんやすごいビデオとっとった。

おかあはんめっちゃふきげんやった。

けどオレ、いもとはんに、まちがわれたら、おかあはん、イヤやわ～てきげんなおった。

オレ、なかんかったで……。

くもり

ろく がつ なのか にち

てんき かに。

くらま山いったんや。かんう、水みやもや。いいおとこ一りじめすんないうて、おなごにおこられてん…。かんう、あっちいけ。カッパとしらん人おってな、オレ山みちでころびそなったら、たすけてくれはった。カッパちゃうでカラスてんぐや、いわれた。しらん人はくう気て、かんうがいうてた。みずみやがオニそっくりなカッパつれてきた。オレくわれた。カッパとかんうとしらん人がたすけてくれた。ちょっとしんだ。

よいこのえにっき

しち《がつ》ようか《にち》

てんき　なつ

きょうプール~~入~~入ってんみずぎきた。「おなごがそない、なりしちゃ…あ、こうくん？　あぁびっくりしたで」て、せんせが。

べつにオレ、きずついてへん。

かん雨が「水みやとこう一しょおると、かあいいおなご二りや」いうたら、かん雨プールでおぼれた。しらん人、しゃしんとっとって、おまわりはん、どっかつれてってん。

おかあはんが「アレゆうかいはんや、よってきたらにげるんやで」いうから気おつけます。

はちがつ みっか にち

てんき　あまのがわ

がっこでおとまり会や。ねるん、かん雨のよこ、おなごがねらってんけど、「オレ、こうといっしょー」いうたら、オレがおなごにおこられてんキライやて。オレ、なかん。「おばけ、みたことある？」いうて、水みやふとんから、おに、わらわらだしたんや。「おまえのキモくれー」いうてて「キモってなんや？」きいたら、かん雨が「なぐってくれってイミ」て、なぐってぜんぶけしてた。しらん人、まどの外いてこわかったです。

よいこのえにっき

く がつ にじゅうさん にち

てんき あめ

おゆうぎ会かん雨がヒーローや。おなごたくさん、おひめさまに立こうほしてた。「こうが、おひめさまな」かん雨いうて、水みやもうらぎって「ぴったりだ」て。ひど。オレがんばってにげたけど、せんせにつかまって、ドレスきせられた。「おなごよりかわいいやん」いうて、おなごないた。おゆうぎ会、一ばんまえに、いつものしらん人ビデオとってん、おかあさん夕コなぐりした。みずみや女やくにげて世わたりうまい。

ナイスカップル♥2
比紗は大手企業の企画課課長であるキャリアウーマンだ
テキパキ
課長！データ届きました
美人で性格良く明るく優秀 とてもモテるので 御門は気が気ではない――のだが
(他の男を威嚇するため) 食事に行かないか
お大株主！
比紗の鉄の防御に隙があろうはずもない
ウザい！忙しいんや近づかんといて
ゴスッ
結果…ものすごい逆効果になっていることに御門は気付いていない
鬱陶しいわ！あっちいけ！
ゴッ
さすが課長 大株主でも差別しない なんて強くて素敵な女性なんだ
ぐっ…ぅぅ
そ それはないだろう！
課長 旦那さんと死別したって本当ですか？
うん けど 子供二人良い子やから 旦那おらんで全然ええんよ
あ、僕 子供好きですよ 課長…
写真見せてくださいよ～ 旦那さんの！
一枚も無いわ 浮気したさかい 全部捨てたたん
結婚生活継続中 ということで 記憶の操作頼む
ボロ…
周囲から かためる…!!
了解っスー！
やみやみ劇場
by いとうあきと
ねた／かなざわありこ

我が皇子は青い春の夢を見るか!?
コミック出張版
画／宮尾にゅん
原案／金沢有倖

貴樹《たかき》の無駄に
すごい能力により
チェーッス!
オモテの記憶
改ざんしまくり
MAXっす!
言《ことい》が昔からオモテで
暮らしていた普通の
兄弟であると
周囲のオモテの記憶は
見事に改ざんされた
全校集会
ざわ
ざわ
——以上が
中等部からの
報告でした
言＝中等部生徒会会長
それでは次
高等部の今期
予算について…
瑞宮《みずみや》＝高等部生徒会会計
部活動での今期の
学校行事との
関連ですが
水終《うみ》＝高等部生徒会会長

はぁ・・・
見事になじんじゃってるけど
いきなり生徒会長とかすごいよなぁ
全校集会サイコー
近くに甘雨《かんう》くんいるし
言くん見れるしっ

わあっ
ナイッシュー!!
きゃーっ
甘雨先輩ーっ!
カッコいいー!!
何でオレの周りあんなんばっか…?
甘雨はサッカー部のエースだし…
あの…天神《てんじん》クン
大好きです付き合ってください
——と弟さんへ伝言お願いします
これ手紙!
甘雨クンへ
私は甘雨クン
私は体育祭で一緒にいたホスト風のお兄さんへ
よろしく!
メルアド

あーはい
はいはい
なんでこんなんばっか…
可哀想ぉぉぉ我が皇子ご主人さまぁ
オレっちも☆
最愛な我が皇子を元気づけるサプライズ☆
考えちゃいました☆
萌《もえ》たんたーんがお慰めしちゃいますーっ
すっごいいらない二人出現!
特に貴樹!! 他人に見つかるなよ!!
ZeX《ゼクス》ライブで特等席プレゼンツ☆
ステーージ上ッ!!
キャーッ
キャーッ
何この公開処刑!
FANに殺されるわ!!
キョロ
キョロ…
つかなんでいるんだよ!

Zexの番組で
令司《れいじ》と景《けい》が出演ドラマの舞台になった
学校レポーツ☆
っす！
萌たんアシスタントでえす☆
アシ？
何の？
す…
萌は当事務所の契約メイドタレントになった
社長直々のスカウトでだ
オレっちが社長に進言したっす☆
ね〜
ええ!?
ビクッ
あーいいねえ
それだ！
萌クンもうちの所属にしちゃおっか
やったぁ♡
我が皇子も喜ぶこと間違いなし！
萌たんうれし〜☆
……

徳長の事務所 男タレントのみ 所属じゃなかったっけ？
違うぞ どこの事務所と 勘違いしている
おおおお KY《貴樹》！
えっ
殺します！
じゃら…
でもまあ ドラマの主演だった霧砂《きりすな》来なくてまだよかっ…
ほ…
だぁぁあいたぁぁああ！
我が皇子にお会いできるのならば
たとえ地獄だろうが喜んで行きましょう
じゃあ行ってこい

ぽろ。
あ
后《こう》が串刺し
オォォ。。。
気分悪いわ！
おまえたちだって我が皇子に命を捧げてるんだろう
私はこちらの我が皇子を生涯大切にしよう
ぎゃー――！
我が皇子をからかうのやめなよ
殺しますよ
じゃら…
地獄はおまえたちに任せる
兄さんの苦労って晴明《せいめい》の式神が迷惑だからだよね？
グレっ

ねっ
さっくり殺しちゃおうか?
せっかく地獄に続く穴が開いてるし
散歩行こうくらいのノリで言うべき内容じゃないです弟よ
はぁ。
別に同情されなくても
モテないの気にしてないし…
えー
俺めっちゃ后好きだけどなー
同情じゃないぞー
嘘ですね
私もです
兄さんは僕の妻になるんだから
僕だけに愛されていればいいのに
そこまで言ってないぞー弟よー
そして妻にはならないぞー
駄目よ!

私たちの后様は誰のものにもなっちゃ！
え？
誰!?
あたしたち他の男なんて興味ない!!
后様のことを愛している乙女は多いんだから！
こんにちはー
我が皇子に会いたいって熱望されて
連れて来ちゃった

どろーーーん。
やっぱおまえらかー!!
オオオォォオオ
ひょい!!
おいおいホンット后はモテモテだなー
よっ闇世界一のモテ男!
闇皇《やみおう》になったら妻希望が山ほどいて選ぶの大変ですねぇ
大奥作ったりしたら駄目ですよ、
作るわけないだろがああ!
機嫌いいですね晴明様と甘雨
…いつも思うけど
我が皇子可哀想だよね

兄さん……
妖《よう》魔《ま》闇《あん》鬼《き》に浮気しないでね
ひしっ
大丈夫 絶対に惚れないから
ガッ
ちょっと!
地獄への穴開いてるんだから一人くらい落ちてきなさいよ!

ひょこ
気が利かないわね！
あっはっはー
閻魔《えんま》様が側にいるの察知して避けたのでは？
わあああ!!
出たーっ!!!
ジャキッ
キーーッ
ザッ
では…
私行きましょうか？
あ 俺も
…歪んだ男はいらない
すすー
人気ないなー閻魔様
ははは、
おわり

やみやみ劇場
by いとうあきと
ねた／かなざわありこ
理想の彼女♥
雛芥子姫は 優しく おしとやかな美少女だ とても綺麗好きで 趣味はお掃除である
公卿の この死体 どうしま しょう
妖魔さんの 死骸の横に並べて 整頓してくださいな
お洗濯も得意だ
内臓は私が 洗いますわ♥
あなたは 足を お願い
は…はい
うっ…
ゴロ
ゴロ
少し気が弱いけれど か弱い女の子だから 仕方はない
きゃっ！
虫が！怖い！
ブーン
ハエ→
死体→
もう少し強くなって もらわないと 兄としては心配ですねぇ
今でも十分 心配した 方が良い レベルだろ
はぁ
実は姫 最近 料理に凝ってるん ですよね
残り物を使う だけですけど
材料溢れて いるものね
ちょうどいい 后様 美少女の 手料理食べる チャンスですよ
何の味!? 食えるか———!!

闇の皇太子　聖地巡礼ガイド

観光だけじゃなくてちゃんと歴史も勉強してよね、我が皇子
また閻皇様がオモテに逃亡…捜さねば
鞍馬
深泥池
下鴨神社
銀閣寺
オレっちここでライブしちゃうぜー☆
平安神宮
京都御所
私に会いたければここに来るがいい
京都に来たらウチに泊まってくれよな
懐古庵
青蓮院
八坂神社
清水寺
円山公園
六道珍皇寺
伏見稲荷大社
イラスト／伊藤明十

みんなで行く!
闇の皇太子
京都ツアー!
イラストマップを片手に
闇皇聖地巡礼ツアーへ
レッツゴー!!
貴船神社
上賀茂神社
★金閣寺
愛宕山
龍安寺
京を護る
私の神社ですよ
晴明神社
祇王寺
二条城
華厳寺
(鈴虫寺)
神泉苑
よろしければ
同伴前に
私がご案内
いたしましょう
また藤王様の
ところへ逃げる
つもりかい、后
京都駅
きゃぴー☆
我が皇子との
デートコース
ですぅ☆
★東寺

みんなで行く！
闇の皇太子
京都ツアー！

京都の名所・旧跡を巡るバーチャル散歩！

闇皇キャラたちが登場する市内の有名スポットをご紹介★

●愛宕山《あたごやま》

京都市郊外にある、標高924メートルの山。山頂には火難除けの信仰が厚い愛宕神社がある。「偽悪の革命家」のメイン舞台。后は晴明の策略によりJR保津峡駅から向かうことになったが、本来のルートではないので要注意。

●懐古庵《かいこあん》

甘雨の祖父母が経営する、京町家を改装した宿泊施設。『聖なる闇人形』で、后が掃除のアルバイト中に三つ子とホラーな初対面！　実際に泊まれる実在の施設なので、宿泊の際は、おかみさんに「闇の皇太子ファンです」と言ってみるのもいい。

●上賀茂神社《かみがもじんじゃ》（賀茂別雷神社《かもわけいかづちじんじゃ》）

厄除、八方除、電気の守り神、必勝の神として信仰を集める世界遺産。『幻影の従者』で、修行中の后が撮影中の霧砂に遭遇。自分の式神が大人気モデルだと知った場所である。

●鴨川《かもがわ》

京都の顔で代表的な川。京都市街地東部を南へ貫通し伏見区下鳥羽で桂川と合流し淀川に入る。文学や歴史にしばしば登場し、若者のデートスポットとしても有名。言が后と一緒に行きたがる。

●祇王寺《ぎおうじ》

紅葉と悲恋で有名な「平家物語」の遺跡の尼寺。闇世界では、言への母としての愛情を自覚した葵の上が、闇皇の正妃の座を辞して出家し、静かに暮らしている。『微睡の想い人』で、その葵の上に土下座し、「言を……！　オレにください！」と叫んだことは記憶に新しい。二人の大事な思い出の地（言・談）。

●祇園《ぎおん》

東は八坂神社、南は建仁寺、西は鴨川付近、北は新橋通の広い地域の呼称。江戸時代から遊興の町として発展し、花街を中心に一大繁華街になっている。お茶屋へ通う御門や、舞妓姿の水終を見られるかも。

●祇園辰巳神社《ぎおんたつみじんじゃ》

元々は辰巳の方向を守る神社。観光客も多い巽橋の前にあり、舞妓・芸子

さんたちが芸事の上達を祈りに毎日お参りしている。『微睡の想い人』で、晴明が后を連れてきて、どさくさにまぎれ肩を抱いて歩くという行動に出たところである。

●貴船神社《きふねじんじゃ》

創建年代不詳。水の供給を司る神「たかおかみのかみ」を祀る。古くは「氣生根」とも表記され、生力の生ずる根源の地であると信仰される。縁結びと悪縁断ち切りの願い事をする人が多い。

后の修行コースの一つで、「聖なる闇人形」では、父と母の結び文を発見!?

●京都駅《きょうとえき》

世界の観光都市である古都・京都の玄関口。仕事で出張の多い比紗と、いつもそれに連いてくる謎のエグゼクティヴがたびたび目撃されている。『純愛の死神』で后や言が見送りにきていたのは、新幹線中央改札口である。

●京都御所《きょうとごしょ》

闇世界で、闇皇やその側室、子供たちが居住し、また政の中心でもある場所。京都のど真ん中にある広大な敷地は、后がどんな修行をしてもへっちゃらなほど！　実際の見学ツアーでは、后がいつも華にお勉強を教えてもらっている御学門所をはじめとした、闇皇ファン垂涎の個所が多く見られる。

●京都市動物園《きょうとしどうぶつえん》

１９０３（明治36）年、日本で２番目に開園した歴史ある動物園。自宅からも近いため、后が幼い頃から通って動物に触れ合っていたようだ。

『思い違いの絆人＜ＤＶＤ付特装版＞』の付属ＤＶＤに収録されているドラマで、修行中の后、言、晴明に、徳長と貴樹が加わり、大騒動が起こった場所である。猛獣たちの檻の前にいたら貴樹が飛んでくるかもしれない（徳長のおまけつき）。

●京都《きょうと》タワー

京都駅前に建つ、京都のランドマーク。海のない京都の街を照らす灯台をイメージし、１９６４（昭和39）年12月に建築された。全国的に人気のあるタワーのゆるキャラ名がたびたび出てくることから、后も密かに気になってしょうがないらしい。

●清水寺《きよみずでら》

坂上田村麻呂の創建と伝えられる世界遺産。〝清水の舞台〟で知られる本堂は寄せ棟造り、檜皮葺、寝殿造り風の優美な建築。后・萌チームに分かれて闇鬼退治の競争を繰り広げた『純愛の死神』では、后が華から兄妹の確執を聞いたり、破の意外な一面を見たり、絆が一歩進んだ場所でもある。

●金閣寺《きんかくじ》（鹿苑寺《ろくおんじ》）

臨済宗相国寺派。足利義満が営んだ山荘を寺にした。１９５０年（昭和25）放火で焼け、５年後再建。「古都京都の文化財」として世界文化遺産に登録。

●銀閣寺《ぎんかくじ》（慈照寺《じしょうじ》）／銀閣《ぎんかく》

足利義政が造営。銀閣は室町時代建築の国宝建造物。『独善の殉教者』で、后が甘雨をおともに、晴明にお勉強を叩きこまれながら訪れている。

●鞍馬山《くらまやま》

標高569メートル、中腹にはスピリチュアルスポットとして有名な鞍馬寺がある。『宿命の兄弟』で、后を護る式神四天王と、言、楔、瑞宮が対峙した。

●地主神社《じしゅじんじゃ》

「縁結びの神さま」として知られる。三年坂から歩いて5分、清水の舞台を出るとすぐ左手にあり、修学旅行生や縁結び祈願に訪れる参拝者で年中賑わっている。『純愛の死神』では、萌も后との〝縁結び〟を祈願!?

●下鴨神社《しもがもじんじゃ》（賀茂御祖神社《かもみおやじんじゃ》）

京最古の社の一つで、「古都京都の文化財」として世界文化遺産に登録されている。『未完の後継者』で本格的に闇皇修行を始めた后の修行場のひとつ。ドS教育係にしごかれている姿をよく目撃することができる。

●青蓮院門跡《しょうれんいんもんぜき》

天台宗門跡寺院の一つ。闇世界での三つ子・桔梗の上の屋敷。『聖なる闇人形』では、雛芥子と初対面なのに血や臓器を求められ、人形だと思っていた三つ子に恐怖し、嫉妬した晴明に池に突き落とされるという受難だらけの場所である。近所に破の自宅があるので見かけることも多いかもしれない。

●白峯神宮《しらみねじんぐう》

崇徳天皇及び淳仁天皇を祀る。蹴鞠・和歌の宗家飛鳥井家の邸跡で、同家の守護神「まり精大明神」が祀られ球技愛好者に崇敬されている。

サッカー好きの甘雨が幼い頃からよく来て敷地内で遊んでいいたが、なぜか瑞宮もよく付き合っていたらしいことが『服従の支配者』にて判明した。

●神泉苑《しんせんえん》

平安京造営の時に設けられた禁苑（皇居の庭園）で、境内には願いが叶う法成橋（赤い橋）や、年の恵方を祀る歳徳神がある。

『宿命の兄弟』で、后が晴明から闇世界の説明と事情を聞いた場所であり、式神四天王（甘雨はその立場として）との初対面を果たした〝初めて〟の場所のひとつ。

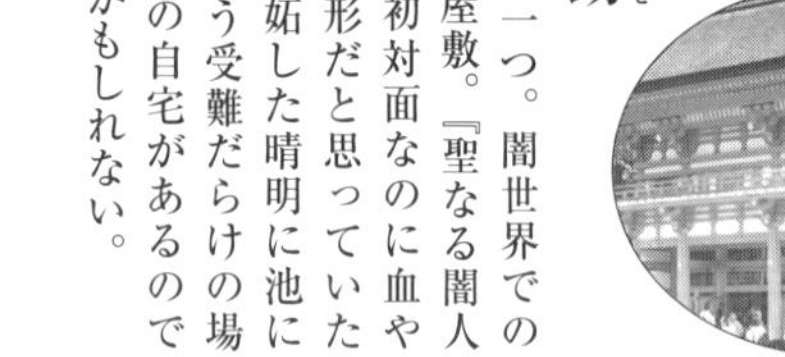

●鈴虫寺《すずむしでら》（華厳寺《けごんじ》）

闇世界で、藤王様が住職を務め隠居している静かなお寺。『天邪鬼の忠誠者』で、后が祖父の存在を初めて認識（そしてその見た目の若さに驚愕……）。いろいろな人が藤王様に相談をしに、ひっきりなしに訪れている。中でも頻繁に訪れているのが、元ダンナに悩む比紗であるとは、藤王様の小姓の証言である。

●晴明神社《せいめいじんじゃ》

言わずと知れた〝初代晴明〟を祀る神社。闇皇ファンのみならず、いつも多くの女性や観光客が溢れる人気スポット。「闇の皇太子」では『宿命の兄弟』で、后と言が初デート（？）したり、后が晴明と初遭遇（？）して闇鬼を視ちゃったり、〝初めて〟づくしの名所。

●誓願寺《せいがんじ》

新京極通の真ん中にある「浄土宗西山深草派」の総本山。一颯の師匠である清少納言と和泉式部に縁深い寺。『思い違いの絆人』の逃亡劇（？）コースのひとつ。

●建勲神社《たけいさおじんじゃ》

織田信長と、その息子信忠を祀る、船岡山の中腹にある神社。五山送り火のうち四つが見られる場所。『独善の殉教者』では、后と言の痴話ゲンカ（？）中に徳長や役小角、神代白ら関係者が集結。小角の命を受けた楔・瑞宮が后を覚醒させるため、（特に瑞宮が嬉々として）攻撃してきたことは印象深い。

●蛸薬師堂《たこやくしどう》

繁華街の京極通に面している。善光という僧が、戒めに背き、病気の母親に好物のタコを買う孝行譚に由来し、蛸薬師の名で知られる。病気平癒の御祈祷で有名。闇世界では一颯が近くを通りかかった際は必ずお参りするらしく、『迂闊な好敵手』ではオモテの蛸薬師堂を兄弟三人仲良く（？）参拝している。

●糺の森《ただすのもり》

下鴨神社本殿から南へ河合神社に至る境内の12ヘクタールにおよぶ森。下鴨神社で修行をする后のマラソンコースのひとつ。河合神社の祭神・多々須（ただす）玉依姫にちなむ地名とか、下鴨神社の祭神賀茂建角身命が、この地で人民の争いをしらべただしたことによるとの伝説もある。

●寺町通《てらまちどおり》

京都市街地中央部の賑やかな商店街。北は鞍馬口通から南は五条通まで。一条通から南は平安京の東京極大路に当たる。豊臣秀吉の京都改造で洛中の寺院をこの通りに集めたのが由来。后が学校帰りによく立ち寄り、買い食いをしている姿も⁉『迂闊な好敵手』では、一颯とともに走りまわっている。

●東寺《とうじ》（教王護国寺《きょうおうごこくじ》）

東寺真言宗の総本山。ここもまた世界遺産である。794年平安京造営の二年後、国家鎮護のため羅城門の東に創建。徳川家光が再建した五重塔（国宝）は高さ55メートルでわが国最高。そのてっぺんには瞬間移動の修行と称して吊るされている后がいるかもしれない。また、〝上賀茂神社～下鴨神社～東寺〟の2往復ジョギングは后の日課である。

●錦天満宮《にしきてんまんぐう》

京都市街でもひと際賑やかな通り、新京極にある神社。菅原道真を祀る。『迂闊な好敵手』では一颯が能力覚醒と闇世界の民の幸せをたっぷり祈っている。寺町と新京極の間にある鳥居は、ビルにめり込んだ珍しい状態。敷地内にある神牛像の上に清と雲が、そしてその横に湧く『錦の水』を飲む和がいるかもしれない。

●二条城《にじょうじょう》

オモテでは徳川家康公が造営した城だが、闇世界においては、言の母、そして闇皇の正妃である葵の上の元居城。言もここで育った。城内のあちこちに、言の成長の跡があるかもしれない。さらに『未完の後継者』で后が闇世界へ初めて来た記念の場所であり、晴明に射られた言のために覚醒した、名場面の舞台でもある。

●東山三条《ひがしやまさんじょう》

后が生活する自宅付近一帯。西に行けば三条や四条などの繁華街が近く、東に行けば仏閣神社も多い、便利で静かな住宅地である。

●伏見稲荷神社《ふしみいなりじんじゃ》

全国の稲荷神社の総本宮。稲荷山の神蹟を巡拝する〝お山巡り〟は約4キロ、参道にある数千本の鳥居は偉観である。『宿命の兄弟』で、后が知らず言と〝契約〟を行った場面は、兄弟ファンは見逃せないところ！　晴明が持っていた狐のお面煎餅は、参道のお土産屋さんで販売している。

●船岡山《ふなおかやま》

標高112メートル。頂上から眺望よく京の町、特に西陣一帯が見渡せる景勝地。『独善の殉教者』では、修行の合間に破のお手製弁当やお茶でほっこりと和んで（？）いる場面も。麓には、后たちが幼い頃から通っていた「船岡温泉」があり、同タイトルの巻末短編では、言らと温泉を楽しむ様子を読むことができる。

●平安神宮《へいあんじんぐう》

平安遷都千百年祭（1895年・明治28）に市民の総社として鎮座。桓武、孝明両天皇を祀る。いつも観光客や修学旅行の学生たちが溢れている広い敷地で、国民的アイドルZexのライブが開催されることも⁉

●本能寺《ほんのうじ》

織田信長が明智光秀に襲われ自害・焼失した本能寺は現在地の寺町御池ではなく、堀川四条の近くにあった。本能寺の変後、豊臣秀吉が現在の地に再建。『迂闊な好敵手』では后、言、三つ子と一颯の兄弟の仲の良い様子だけでなく、黒レザー姿でバイクに乗る藤王様のファンキーなお姿を拝見することができる。

●円山公園《まるやまこうえん》

明治19年開設の市最古の公園。自宅から近い后が、幼少時よりよく訪れている場所である。敷地内にある洋館ホテルは神代白の常駐宿であり、『贖罪の花嫁』『思い違いの絆人』で、后が鬼さんと追いかけごっこをしたり、黒のために奔走したりした場所である。

●深泥池《みどろがいけ》

弥勒菩薩伝説から「御菩薩池（みぞろがいけ）」とも呼ばれる。池底に泥が数メートル堆積、これが地名に。海抜75メートルにある学術上貴重な池だが、怪談の舞台としても有名。この地にお住まいの深泥姐さんは、晴明が后に紹介しようと目論む、后のお相手有力候補である。

●龍安寺《りょうあんじ》／龍安寺庭園《りょうあんじていえん》

臨済宗妙心寺派のお寺。石庭として有名な方丈庭園がある世界文化遺産。『独善の殉教者』では、御門、役小角、晴明の闇世界トップ3が集合。敷地内にある茶室で、后がオモテの代表である神代白と初対面を果たした。

●六道珍皇寺《ろくどうちんのうじ》

俗に〝六道さん〟と呼ばれる臨済宗のお寺。この寺が鳥辺野の葬場の入り口にあったことから、ここが、現世と冥界の接点つまり「六道の辻」と考えられ、今昔物語にも出てくる当寺の寺宝の梵鐘の迎え鐘によって精霊がこの世によみがえってくると信じられた。本堂裏の井戸は、小野篁が冥土へ通った入口という伝説がある。

●八坂神社《やさかじんじゃ》

祭神は素戔嗚尊・櫛稲田姫命・八柱御子神。貞観11年（869）疫病流行した際、この社で祈祷が行われたのが祇園祭の始まりである。闇皇シリーズではたびたび舞台になる外せない名所。后と言がお参りする姿が見られるかも!?

●安井金比羅宮《やすいこんぴらぐう》

藤原鎌足が家門の隆盛を祈り創建した堂が始まり。良縁結びと悪縁切りのご利益で有名。『思い違いの絆人』で、吉田神社に続き修行に訪れている。水終や萠に縁のある宮でもある。

●矢田寺《やたでら》

寺町通にあるお寺。本尊の地蔵菩薩は俗に代受苦地蔵と呼ばれ、地獄で亡者を救う地蔵とされる。六道珍皇寺の「迎え鐘」に対し「送り鐘」と呼ばれる梵鐘があり、死者の霊を迷わず冥土へ送るために撞く鐘として信仰を集めている。『迂闊な好敵手』で、一颯と逃亡劇（?）をスタートさせた地である。

●吉田神社《よしだじんじゃ》

藤原山蔭卿が平安京の鎮守神にしたのが起こり。陰陽道における京の鬼門に位置し、節分祭が有名。『思い違いの絆人』にて后が修行で訪れている。神社にある聖域を護る白虎・朱雀・玄武・青龍を象る聖石「結界石」を探せば、修行する后と同じ気持ちに!?

貴女のすべてが美しい――
めくるめく癒しのひと時を
関西 No.1
ホストクラブグループ
CLUB
Tenko
祇園店ナンバーワン　ホクト

★ショートストーリー★

仲良し兄弟は会話中！

「子供の頃、一番イヤだったことってなあに？」
「我が皇子から順番に、皇子のみなさんどうぞー」
「なぜ、三つ子が仕切る。……えーと、オレは普通に……宿題？
言は？」
「僕？　覚えてないよ。兄さんに会う前って、毎日がつまらな
かったし、なんの印象もない」
「わしは、英才教育で多忙じゃったのう。しりとり、宴会芸……
食えぬ草を覚える、とか」
「あら私、我が皇子が一番悩んでいたことって、女の子に間違
われることだって聞いたけど」
「————は？」
「あれ？　我が皇子、解脱した仏陀みたいな表情ですよー。ち
なみに僕も、後鬼瑞宮から聞きましたー。女の子に間違えられ
るあまり、京言葉を封印した六歳の秋の初めてのお使いの時は、
あまり喋ることができなかったとー、可愛いですねー」
「はああああああああ⁉」
「瑞宮、なんという極秘情報を他人へ……。僕はお母さんから、
兄さんの卒園アルバム見せてもらったよっ！　兄さんすごく美
少女で可憐でこの世で一番男らしくてカッコよかった！」
「わしは、今と同じく神童じゃと言われておったぞ。ゾウリム
シのように賢そう、と」
「……男らしくて格好いいといえば、我が皇子への誤った称賛
が許されるわけじゃないと思うわ、私……」
「あと僕、後鬼瑞宮どのに我が皇子のお姫さま姿の写真も見せ
てもらいましたー今持ってますー」
「ぎゃああああああああああ！」
「なんだと⁉　たかが第八皇子の分際でなんというお宝を！
兄さん関連はすべて僕のものだ！　出せ！」
「アルバム……うむ。オモテで先日食ったアレか。みたらし味
が一番わし好みじゃった」
「見るな清！　言！　瑞宮さまったらなんてものを！
没収！　ほらオレに渡せ！　封印する！」
「えーダメだよー兄さんー」
「えーダメですよー我が皇子ー」
「うむ。写真なるものも塩味がきいていて、な
かなか苦しゅうない味わいだったの」
「……仲良いわよね、皇子たちって。実は」

書き下ろし短編

「レースだよ☆妖怪式神全員集合！」

お使い

「后《こう》ー、華《はなやぎ》くんとこへ、これ届けてくれへん？」

「え？　今日は来ないの？」

珍《めずら》しく、言《ことい》も晴明《せいめい》もいない。甘雨《かんう》から借りたゲームをクリアしてしまおうと頑張《がんば》っていたが一時停止して、母を振り返る。

台所から室内を覗《のぞ》き込んだ母が、上がりの板の間に風呂敷《ふろしき》包みをドン、と置いた。

「お弁当や。ほら、男の子やろ。面倒くさがって、出来合いで済ませたら可哀想《かわいそう》や」

「え？　これ、まさか華の一人分？」

どう見ても大家族用のお重サイズだ。

后のバッグの中にハンカチやティッシュ、財布などを入れつつ母は答える。

「違う。華くん一人でご飯食べても美味《おい》しくないやろ？　あんたの分も入ってんで。それやと、甘雨くんや瑞宮《みずみや》くんも来る可能性あるなー思て。みんなの分や。ほいで、お重は破《ほくと》くんからの借りもんやから、洗って返しといて」

「なるほど」

さすが母。しっかり読んでいる。しかし。

「破が、華の食べる分はちゃんと準備してるんじゃないの？」

「それが、昼まで闇での公務、昼からはホストクラブのお客さんの買い物付き合《お》うて、そのまま出勤やって。何も用意できへんらしいわ」

「……なんで、破のスケジュール知ってるんだ？」

霧砂《きりすな》や貴樹《たかき》だけでなく、まさか破の追っかけも始めたか？　めっちゃ不安になってきた……。

「うちにご飯食べに来れん時は、連絡あるし。その時に理由教えてくれたわ」

らしい理由に、ホッとした。

納得《なっとく》したので安心して、バッグを背負って大戸くぐり戸を開ける。

そして華へ連絡しようと、最近、とあるルートから入手したスマートフォン《スマホ》を手にした。前方から声がかかる。

「我《わ》が皇子《おうじ》、僕はここにいるから」

「あれ？　来たんだ」

ひょい、と顔を上げれば、いつ見てもキレイな華が溜息交《ためいきま》じりに、后の手からスマホを取る。

「歩きながらの操作はダメだよ。……これ、貴樹が宣伝してる機種だね。貰《もら》ったの？」

「……お袋と、晴明づてに」

貴樹は苦手だが、貴樹が広告に起用されている商品に罪《つみ》はない。しかも母が貴樹から受け取り、晴明に渡され、ようやく后のもとにやってきた。

「……まあ、晴明様の許可があるなら、僕《ぼく》は何も言わないけどね」

「うん。晴明も、徳長《とくなが》が変な盗聴器《とうちょうき》つけてないか、かなり細かくチェックしてるから、問題ないと思う」

――いかにKYから贈られたものでも」

「……いや我が皇子、あー見えて貴樹は十二式神《しきがみ》に選ばれるくらいには優秀だし……いくら空気読まなくても、さすがに徳長の……どうだろう」

スマホを返してくれつつ、華の呟《つぶや》きは自問自答のようだ。

そのこともアレだが、貴樹は晴明の式神なので母を間に挟《はさ》む必要はないということも后は気になる。

母は嬉《うれ》し楽しでやってたが、父の機嫌《きげん》は最悪だった。

「あらぁ華くん、相変わらずキレイやわ。お弁当、たくさん作ったさかい、食べてってなぁ」

「わざわざお気にかけてくださり、ありがとうございます。いただきます」

「ええのよーっ。顔見れて嬉しいわぁ」

ぺこり、と丁寧《ていねい》に頭を下げる華へ、母はウキウキだ。

「なあ、どうせ来たんなら、うちでご飯食べていけば？　華」

「いや、すぐに戻《もど》らないと。大変なことになる」

后の提案へ、華は首を横に振った。

「？？　試験勉強とか、実験？」

「部屋の片付けだよ。早くやらないと床《ゆか》がなくなるから……僕の部屋のね。破の部屋もだけど」

「破の部屋も？？　片付け？？？」

首を傾《かし》げてしまう。破は、東山《ひがしやま》の有名古刹《こさつ》がいくつもあるような場所に建つ、高級マンションに暮らしていて、華はそこにほぼ同居しているのだが。

室内はいつもモデルハウスのようにキレイだった。

「……部屋の模様替えでもしたの？　オレ、手伝おうか？」

「いや……。我が皇子だと大変だから。甘雨を呼んで、二人でやる」

「エンリョしなくてもいいぞ？　オレ、腕力あるし」

「いや、というか……」

「おーっ！　それがいい！　賛成賛成！」

華は遠慮《えんりょ》を見せたが、背後から后の頭に覆《おお》い被《かぶ》さってきたおんぶお化けにより中断された。

訪問

「重っ甘雨《かんう》！」

「あーもう……!!　知らないよ……!!」

（汚い部屋を見せたくないのか？）

いきなり出てきた甘雨が、まあまあ、と軽いノリで意見してきた。

「そろそろ、整理整頓《せいとん》しないと床《ゆか》が落ちるからなーっ！　なっ后《こう》！　俺と一緒に頑張《がんば》ろうぜ！」

華《はなやぎ》は困惑《こんわく》しているようだが、甘雨の勢いに押されて后は肩《かた》を抱《だ》かれたまま歩きだした。

「オレさー、片付けって華の大学寮《りょう》ならイメージ湧《わ》くんだけど、破《ほく》の家も散らかってるのかー」

「華の一応の住所になってるK大のY田寮《だりょう》は、いろいろとレベルが違うけど」

大通りを、河原町《かわらまち》とは反対方向へ向かいながら、甘雨がさらに面白《おもしろ》そうに続ける。

「百年超えの建物で食堂は崩壊《ほうかい》しかけてるし、ワイルドで楽しい寮だよなー」

「年齢は関係なくK大学生なら何年でも、国籍《こくせき》も年《ねん》齢《れい》も不問で入れるしね。気は楽だよ」

華が頷《うなず》いた。

すぐにある十字路を直進か右に進むべきなのに、左へ曲がったことに后は首を傾《かし》げる。

「破のマンションって、知恩院《ちおんいん》の方だろ？　そっち行くと、K大の方……そっち先？」

「とりあえず、僕の部屋に行くんだ」

華がすまなそうに言う。つまりは、寮だ。

修学旅行生でぎゅうぎゅうになっている路線バスを眺《なが》めつつ（中にいた女子が写メするのにピースサインを送る余裕だ）、甘雨が尋《たず》ねる。

「Y田寮祭って、近くのK野寮に夜中襲撃《しゅうげき》かけて放送室のマイクを奪《うば》う伝統行事あるんだよな？」

「どんな伝統行事？」

思わず眉間《みけん》を寄せれば、華が、ああ、と答えた。

「ストームだね。あまり、成功してないらしいけど」

「K野寮生はマッチョ軍団揃えて迎え撃つらしーから」

「マッチョか、K野寮生」

「俺は、夜中に全国のテキトーなところに一文なしのまま捨てられて、ヒッチハイクで帰るゲームってのに参加したいけど」

「それ、行方《ゆくえ》不明者出ないの!?」

「ヒッチレースだね。他にも、甘雨が好きそうなイベントばかりなのは確かだけど」

「ど……どんな寮祭だよ」

驚く后はポンポン、と華に頭を叩《たた》かれる。

「Y田寮生になって、ヒッチレース出たいよな？」

「オレはいい」

「Y田寮生でなくても、K大在籍なら誰でも参加できるよ。我《わ》が皇子《おうじ》は巻き込まないように」

注意してくれる華、ありがとう。そして甘雨、最強守護式神の自覚は絶対、露《つゆ》ほどもない。

にしても、国で一番ノーベル受賞者を排出《はいしゅつ》している大学のY田寮、いろいろ極《きわ》めている。

K大は后の家から二キロも離れていない場所にある。

通り過ぎるのは観光客より学生が多い中、Y田寮、と大きく書かれた門を入れれば、后の耳に様々な音楽が飛び込んできた。

「相変わらず、歴史への尊敬を感じると共に倒壊《とうかい》の心配をしてしまう建物だけど……」

自然溢《あふ》れる大正時代の建物の前でヴァイオリンを練習する学生たちの姿は、絵画《かいが》のようで格好《かっこ》いい。

「女子大生っぽいおねーさんもいる。住んでるの？」

「男子寮ではないよ。けど、ここはクラブ棟《とう》で、彼女たちはサークル活動じゃないの？」

レトロを極めた建物の中に、楽器を抱《かか》えた女性がいる。甘雨と話す華へ熱い視線を向けているが、完全無視をされていた。甘雨が感心する。

「すげー。華に気づいて、奥からわらわらお姉さんたち出てきたー。さすがモテるなー」

「めんどくさい」

もったいないことに、華は相変わらずだ。

「……華の性格で、Y田寮、やっていけてる？　あ、無理だから破の家に入り浸《びた》っているのか？」

向かいの建物（の残骸《ざんがい》？）の壁《かべ》に描《か》かれた近代アートを眺《なが》めつつ、后は尋ねる。


「違うよ、個性豊かでいろいろなオモテの文化を学べるし、都合はいいよ」

「華のイメージと、繋《つな》がらないけどな……」

鬱蒼《うっそう》とした並木を、猫《ねこ》や鶏《にわとり》や犬も自由に歩く。

半倒壊している食堂の中の熱いエネルギーも、雅《みやび》やかな華より甘雨の方が、合いそうだ。

「おー安倍《あべ》。帰ってきてたのかーひさしぶりっ！　相変わらず美人だな！」

玄関にいきなりこたつがあり、人が寝ていた。

「受付だよ」

「え……」

「おっじゃましまーす！」

甘雨は堂々としているが、后は圧倒されてしまう。

傘《かさ》やら鎖《くさり》やら（なんで？）、左右の壁にびっしり張られた注意書きやらプレートやら、雑然としすぎている。

「おー、太郎が家庭教師してる高校生かー？　こっちのかわいーのじゃくて、そっちの根性《こんじょう》ありそうなヤツ、入寮したら戦力になりそうだなー」

（戦力？）

ここはオモテの某国立大学の平凡な学生寮であって、戦場ではない。

「……えーと、何か物騒《ぶっそう》な注意書きが受付窓の中央にある、小さくてぶっとい柱に書いてあるんだけど……。この支えを抜いたら、建物崩壊する、とか……」

「だいじょーぶ、これでこの寮は百年以上もってるし、物理学の質量の研究してる奴が計算してるから」

マジか、こたつ主《ぬし》の寮生。

恐《おそ》る恐《おそ》る靴《くつ》を脱《ぬ》いで上がる。懐古《かいこ》調が炸裂《さくれつ》している廊下《ろうか》をぎしぎし進めば、生活感溢れるエリアに出た。

「いつも賑《にぎ》やかそーでいーなー。俺、暮らしたいなー冒険気分でおもしろいって」

落ち着け、甘雨。

「寮に知人がいれば、自由に転がりこめるぞ。寮生じゃないのに荷物持って居座るつわものいたしなー。結婚して子供も一緒に暮らしてるK大生もいるぞー」

「マ、マジですか」

窓の外で絵を描いていた学生が教えてくれた――

そうか、外まで会話は筒抜けか。

「それは違法《いほう》です。……宿泊は一泊二百円で連泊は一週間が限度。代々使われてきたレトロ布団《ぶとん》も貸してくれるよ」

華が溜息をつきつつ付け加えた。甘雨が喜ぶ。

「マジ⁉ 后、今度一緒に泊まろーぜ！」

「無理、お金ない」

覚悟《かくご》が違う。覚悟が。

「いーじゃん后ー。小学生の時にキャンプで野宿したことあるだろー？ それと思えば」

「いや無理、思えないし」

外と寮内を同列に扱《あつか》う甘雨、天然の暴言だ。

通りすぎた室内がふと見えたが、大学生が書類と本の中に埋《う》もれて寝ていた。

その数メートル先の冷蔵庫と難しい名前が書かれた段ボールの山の狭間で、華が立ち止まった。

「ここが一応、僕の部屋。相部屋だけど……」

「のれん？」

ドアはなく、のれんだ。

「前の住人が取っ払ったみたいだよ。僕も別にここで寝泊まりしないから、つけなおしてないけど」

「どのくらい戻ってないの？　こたつの主は『久しぶり』って言ってたけど」

「研究室の先輩《せんぱい》と四人で使ってるから。僕は用事のある時しか戻らないよ。自治がしっかりしてるから自由だし」

「自治の一言で済まされてるのか、それ」

本当にこの国の話か。

「留守《るす》が長いと、様々な行事に勝手にエントリーされてしまう可能性があるから、寮のミーティングには出てる」

「……自治ってすごい」

自分のことは自分でやる＝自治か。何か違う気もするが。

「おーすげー！　華のイメージとほど遠いワイルドな部屋！　足の踏《ふ》み場がねーすげー！　本とレポートで畳《たたみ》見えねー！」

「いやそれ、華の先輩が四人で住んでるからだろ？　勝手に入ったらマズイんじゃ……！」

「華がいるからいーんじゃね？　今すぐなんとかしないと、ホントに床抜けるからさー！」

「底抜けるなら、余計に甘雨は入っちゃ……！」

甘雨を注意しようと、后ものれんをくぐろうとした。

「あ、我がお……后くん！」

「結界してるから呼び方もフツーでへーキ。俺たちも、華って呼んでるじゃんー」

華の心配を払拭《ふっしょく》するように、甘雨が声をかける。

さらに、いつもの笑顔で続けた。

「じゃないと、片付けるにも都合つかないだろー？」

「え？　なんで都合つかな……ぎゃあ！」

室内に入ってから、后は言葉の意味を知る。

忘れ物

「……あれ？」

闇《やみ》での公務が終わり、后《こう》との部屋に戻《もど》ってきて、言《ことい》は周囲を見回し溜息《ためいき》をつく。

「兄さん、どっちかの変質者に誘拐《ゆうかい》された……？」

オモテのどこにも気配がない。眉《まゆ》を顰《ひそ》める。

「この僕《ぼく》が探《さぐ》れないとすれば……父上か。いや、晴明《せいめい》の陰陽術《おんみようじゆつ》の可能性が高いな……」

役小角《えんのおづぬ》が鬼を使ったわけではないだろう。端《はな》から除外だ。

「お母さんに、父上が来たか訊《き》こう……」

呟《つぶや》きつつ階段を下《お》りれば、走り庭になっている土間から部屋の中に母がひょっこり顔を出した。

「言ちゃん、ちょっとお願いしてええ？　后のところへお使いしてくれへん？」

「うん、いいよ」

即答《そくとう》だ。父も腹黒陰陽師も、一瞬《いっしゅん》でどうでもよくなった。

「あんな、さっき華《はなやぎ》くんの晩ご飯を持っていかせたんよ。なのに、借り物持たせ損《そこ》ねて。手間かけて申し訳ないんやけど」

「平気だよ。気にしないで」

申し訳なさそうに、母が言う必要はない。言としては、后のところに行く用事ができたのだから（もっとも、用事がなくても捜しあてて行くつもりではあったが）。

「多分、破《ほく》くんか華くんちにおると思う……あ、中におかずやら詰《つ》めたさかい、ちょっと重いで」

「僕は男だし力あるから、大丈夫だよ」

こじんまりとした風呂敷包《ふろしきづつ》みが板の間に置かれる。形からして、重箱のようだった。

言は玄関庭へ下りて重箱を摑《つか》み、大戸を開けながら母を振り返る。

「じゃあ、行って来るね、お母さん」

「気をつけてなー。言ちゃん、誘拐されそうになったら、逃《に》げるんやでー。キレイやさかい心配やわ」

母の心配へは、苦笑で返した。

オモテが言を危機に陥《おちい》らせるなどあり得ないが、心を配ってくれるのは后に似ていて嬉しい。

「さて……」

誰《だれ》にも聞こえていないのを気配で確認し、言は『普段の自分』に戻る。

「ということは、兄さんを僕から隠《かく》したのは式神らの創造主《ぬし》である、晴明か……」

白虎《びゃっこ》と朱雀《すざく》へ、后をだまし捕らえるよう命じたに違いない。

「死罪に等しい重罪だな。己《おのれ》が従う次期闇皇《やみおう》を拉致《らち》監禁《かんきん》するなんて」

最強十二式神《しきがみ》といえど、能力は言の足元《あしもと》にも及ばない。そんな連中のオモテの住み家を目くらましに利用するとは、本当に狡猾《こうかつ》な陰陽師である。

「言様」

「……どちらへ」

「――」

瑞宮《みずみや》と楔《くさび》が背後に現れる。別に答える必要はないので、后を捜すべく瞬間移動をした。

ついてきているのはわかったが、気には留めない。

片付け

「っK大医学部、人間以外も研究生として住んでるの!?　華《はなやぎ》の先輩《せんぱい》たち、個性ありすぎーっ！」

室内を確認して、本気で驚いた。妖怪たちが、みっちりぎゅうぎゅうでいたのだ。

思考は止まったまま、条件反射でUターンする。しかし、巨大なこんにゃくに、もふん、とぶつかり足を止められてしまった。

「ぬりかべえええええ!?」

「あら、知り合い？　連れてきてよかった」

「違いますよ雲《きんと》ちゃん。オモテでゆーめーな妖怪《ようかい》なんですよーこの子ー」

こんにゃく改め、ぬりかべがぱっくり口を開けば、そこからよく知っている人形二体が顔を出していた。

「ぎゃあああ！　華の先輩に雲と清《きよい》が食われてるー！」

「食べませんよ」

背後から呆《あき》れた溜息《ためいき》が聞こえたので、慌《あわ》てて見る。と、晴明ではなく、小豆《あずき》とぎと視線が合った。

「ぎゃー！　晴明《せいめい》と同じ声⁉　心だけでなく体も妖怪になって寮に棲みついた⁉」

「……あんた、私の心を妖怪と思っていたんですか？　こんなに善良で高徳なのに、暴言失礼な」

「うわあ！」

不機嫌《ふきげん》な声の元を探す。すると、床《ゆか》にできた穴から側近《そっきん》がひょっこり顔だけを出していて、しかも后の足の間だったものだから、二重でびっくりした。

頭を踏《ふ》みたい衝動《しょうどう》に駆《か》られたのだが、ぐっと耐えた自分はエライと思う。

「我《わ》が皇子《おうじ》……この妖怪たち、僕の先輩じゃないよ」

「え？」

小豆とぎに襟首《えりくび》摑《つか》まれ背中に小豆を入れられそうになれば、華が助けてくれる。

他の妖怪たちも遠ざけつつ、甘雨《かんう》が笑った。

「だーから、片付けが間に合わなくて床が抜《ぬ》けちまったんだなー。おかげで獄界《ごくかい》や冥界《めいかい》と繋《つな》がって、妖怪が出てきてしまったってわけ」


「っ、どこの世界に、片付けができてなかったら床が抜けて異世界と繋がる寮《りょう》があるんだよ⁉」

「ここにあるじゃない、現実に」

「そーですよ我が皇子ー周囲を見ましょー」

后が心から叫《さけ》べば、雲と清が冷静に返す。そりゃそうだが、后の常識にはない。

「もとの発端《ほったん》は、破《ほく》のマンションなんだけどね……」

華が后を背後に隠《かく》し、晴明から距離《きょり》を保《たも》たせる。

「え？　破のあの超高級マンションの床も、今頃こんな穴が開いて……？」

「破の気に導かれて霊《れい》が集まり、それを片付けないと獄界や冥界と繋がる【霊道《れいどう》】が床にできてしまうんだ」

「つ、つまり…今頃、破の住む超高級マンションも妖怪大集合……」

住民に多大な迷惑《めいわく》になっていないだろうか。それも心配だし、何より后は、破の家へ行くのが怖い。

「大丈夫だよ我が皇子、現天后を襲える能力の妖怪は、まるでいないから」

「つまんねー、せっかくのチャンスなのになー。当たって砕《くだ》ける精神で、次期闇皇《やみおう》への憑依《ひょうい》チャレンジしてほしいよなーっ」

華の説明に安堵《あんど》だ。そして甘雨、ふざけんな。

「……けどなんで、破のことで華の寮にまでこんな穴が開いたんだ？」

「あーそれ？　すっげ美談あってさー」

后の疑問には、甘雨が（怖い）なまはげを穴へ押し戻しつつ、振り返った。

「華がさ、破の家とを行き来してるの面倒じゃないのかー？　って、俺たちで話してたからだぜ」

「は？」

「僕、知らないからねその話」

狐火《きつねび》が后にまとわりつきそうになるのを、華が掌《てのひら》に吸収する。ははは、と甘雨が笑った。

「気を遣《つか》わせちゃー悪いと思ったから、ナイショで。そしたらなんと晴明様が親心で、破と華の部屋を穴で繋げてくださったという」

「はあ!?　つまり晴明の迷惑行動!?」

「……ご親切、だよ……」

驚愕《きょうがく》する后の頭上《ずじょう》で華が溜息をつく。尊敬しているので、文句は言えないのだろう——もう無理に晴明を敬《うやま》うのはやめればいいのに。

「げこ」

——と思ったら、天井《てんじょう》から甘酒缶《あまざけかん》が落ちてきて、頭に直撃《ちょくげき》した。

「あんた、暴言考えるのやめなさい。私は式神《しきがみ》思いの創造主《ぬし》ですよ。……まあ、今回はたまたま穴が【霊道】と繋がってしまったんですけどね、それは結果としては軽い事故ですから」

「だからそれが迷惑の権化《ごんげ》……って!?　ぎゃわわわわ！　晴明こわ！」

反省しない態度はいつものことだが、穴からずるり、と出てきつつ（ずっと穴にはまっていたのか）、后の足首を掴《つか》むのはやめてほしい。

妖怪濡《ぬ》れ女と一緒に出てきたから、てっきり濡れ夫婦共演かと思った。

「あんたを置いて、なんで私が他人と結婚するんですか。あり得ないでしょう」

「げごげこ」

立ち上がった晴明が、后の頭に甘酒缶を積む。

「いやいや、晴明様も適齢期《てきれいき》だし結婚は式神一同大賛成ですー。あ、ちょうど妖怪の絶世美女ツートップ、お歯黒べったりとろくろ首が来ましたー出会いのチャンスです」

「ろくろ首はともかく、お歯黒べったり、口しかねーし！　妖怪の美女基準、個性ありすぎるし！」

甘雨のお勧《すす》めに、后がうっかり悲鳴を上げてしまう。晴明の恋愛チャンスを潰《つぶ》したなら申し訳ない。

「あんたはこの場合、ヤキモチやきなさい」

「まーまー」

晴明が睨むのも無視し、甘雨は甘酒缶を摑んで蛇《へび》の妖怪へ次々に渡した（手もないのに？）。

「酒大好きな妖怪、蟒蛇《うわばみ》よ。いつも酔《よ》ってるの」

「う、ウワバミさん……ですか」

雲、紹介《しょうかい》しないでくれ。文字通り蛇に睨《にら》まれた蛙《かえる》のように硬直《こうちょく》してしまう。

「そんな軽いノリ、、オモテに迷惑かかるだろ？　ここの住民が抜きん出て個性的でも……うお、子泣きじじいに砂かけばばあ!?　マジ!?」

異次元穴から這《は》い出る妖怪に、うっかり視線を奪《うば》われる——こんな豪華《スター》メンバー、寮生に見つかったらマヅイ。喜ばれてしまう。

「すごいですねー。通常だったら、こんな有名妖怪ばかり集まりませんよ。さすが后様。まったくもってマニア垂涎《すいぜん》の的」

「嬉《うれ》しくないわ」

心底、呆れたように言うつもりだったが、一反木綿《いったんもめん》の登場にびくっとしつつも視線が奪われる。華や甘雨に護られた安全圏だったので、うっかり目が輝いてしまった。嬉しいけど怖い、ジレンマだ。子供の頃に憧《あこが》れた妖怪の登場。

おそるおそる視線で追っていれば、ようやく塗《ぬ》り壁《かべ》の口から雲と清が出てきたのに気づいた。

「……あーいう妖怪好きなの？　男のコって、私たち女子と好きなものが根本的に違うわよねー」

「じゃ、雲はどーいうの好きなのさ」

現れた火焰車《かえんぐるま》へ挨拶《あいさつ》していた華が、尋《たず》ねる。

「女なら、座敷童《ざしきわらし》がベストに決まってるじゃない」

「……皇女《おうじょ》が、玉の輿狙《こしねら》ってるんじゃないよ」

清々《すがすが》しいほどの雲へのツッコミは、ここにいる男全員の感想だろう。

「僕は、お菊《きく》人形はあんまり好きじゃないですねー。人形が動くとかしゃべるとか、あり得ませんよ」

「……あ、そうなんだ……」

清の主張に、后はとりあえず頷いておく。あり得ると思う、いろいろと。

「ねえ、遊ぶのをやめないと、部屋のキャパを超えた混み具合になってるんだけど……」

華が呆れて指摘するのに、后は周囲を見回した。

《あ、ちょっとここ、詰《つ》めますね》

「どうも……ってぇ、カッパ!?」

《カワイーねー君。沼で一緒にキュウリ食べない？》

「后様に色目を使わないように。皿割りますよ」

華に抱《だ》きついたままの后だが、立ち上がった晴明が横で呪符《じゅふ》結界を作ってくれる。

万全の守備体制だ大丈夫、と后は思い込もうとするが、妖怪大集合すぎる。これに怯《おび》えるな、というのは無理だ。何ここ、本当にオモテ？

「**【霊道】**ができたし、オモテ行こーってアクティブ妖怪が多くてさー。定期的に片付けてるんだけどなー」

「今日は破がいなくて手間取ってるのもあって、間に合わなかったんだよね……」

甘雨と華が、説明しつつも常に妖怪を穴へ押し返してはいるが、次から次へと妖怪が現れる。数が多すぎて、部屋の中は満杯だ。

「まー、遊び感覚みたいなんですけどー」

清が一ツ目小僧によじ登り、ため息を吐く。

「というか、本当に遊びたいんですって」

「え？」

「さっきの話聞いて、ぜひともお祭りしたいって」

「え？　え？　……祭り？　誰《だれ》が……？」

雪女に抱っこされた雲の発言に、妖怪らがこっくり頷いた。

◆参加要項◆

「いえーいっ！　ってーことでっ☆！　第一回【妖《よう》怪《かい》☆寮祭り☆真似っこ】レース開催《かいさい》ー！」

「しゅっつじょー者☆全員そろいましたーっ☆萌《も》えたんレースクイーン☆てれってれーんれん☆」

「げげーっ!?　いきなりKYとメイド!?」

　穴からではなく、窓の外から貴樹《たかき》と萌が飛び込んできた――室内はすでにぎゅうぎゅうだったが、一《いっ》反木綿《たんもめん》が萌の足元《あしもと》を庇ったので、転ぶことはない。

怖いけど格好《かっこ》いいぞ、一反木綿。

「なになに？　何かすんの？」

　二人から逃《に》げる后《こう》を甘雨《かんう》が背中に隠《かく》す。しかしそこには三《み》ツ目入道《めにゅうどう》がいて、ちょっぴり失神しそうなくらい怯《おび》えてしまった。

「え？　この妖怪たち、これからY田寮の伝統行事と同じことするのか？　寮と大学に迷惑《めいわく》かかるだろう、もろもろと」

「心配ありまっせーっん！　オレっち気配り上手《じょうず》っすから！　そのあたりはきちんと考えてまーっす☆」

「はぁ～い☆妖怪さんたちはあ、【霊道《れいどう》】を利用しまぁす☆萌たん有能お手伝いーてれりんこ☆」

　妖怪たちにゼッケンを渡しつつ、自己評価の高い式神《しきがみ》たちが不安を増殖させる。

「この部屋をスタートして、ゴールは破《ほくと》のマンションの部屋ですって」

「破の部屋はやめろって、通訳して」

　雲がぬらりひょんから聞いたことを言えば、華《はなやぎ》が速攻で忠告する。するとすぐに雲はぬらりひょんへ説明を始めた――シュールな光景だ。

　話はまとまったのか、くるり、と雲が振り返る。

「じゃあ、ゴール変更ね。新ルールは、晴明《せいめい》によってランダムに飛ばされた後、自力で三途《さんず》の川へ行く。で、賽《さい》の河原《かわら》の小石に混ざってる蛇紋岩《じゃもんがん》のつくも神《がみ》を探してつかまえ、奪衣婆《だつえば》に渡した妖怪が優勝で」

【霊道】を作った罪深き諸悪の根源・晴明がキーマンか。というか、蛇紋岩の付喪神《つくもがみ》ってなんだ、その説明は必須《ひっす》だろう。」

《おお、奪衣婆たんに会うチャンス》

《石灰岩《せっかいがん》と花崗岩《かこうがん》には金を借りてるから会いにくいし、蛇紋岩でよかったわい、温厚じゃし》

（マジすか？）

后が賽の河原に行った時、嫌味《いやみ》たらしい石はたくさん転がっていたが、財布《さいふ》を持ってるようには見えなかった。そして奪衣婆、モテるな。

「はーい、では皆さん、飛ばしますよー。オモテと闇《やみ》どちらの世に行っても、恨《うら》みっこなしでー」

晴明が手をパンパン、と叩《たた》いてから数枚の呪符《じゅふ》を取り出す。それらを飛ばして部屋の四方へ投げれば、呪文のようなものが宙に浮かび上がった。

すると、妖怪すべてがぱっと消えてしまう。

「んじゃまーさっさと穴を閉じ……おっと、多節棍《たせつこん》棒《ぼう》ぶつけたやべー。壁《かべ》にヒビ入ったけど、、まっいーか」

「よくないよ、気をつけて。寮が倒壊《とうかい》する」

おおざっぱな甘雨への華の忠告は、大げさではない。まがうかたなき事実だ。

「破ちゃんのーおうちのー【霊道】はぁー、萌たん☆貴樹ちゃん☆とーっ、エイヤッ閉じましたぁ☆」

「カッパちんとかー☆我《わ》が皇子《おうじ》を狙《ねら》っちゃう妖怪いたっしー急接近は超NGっしょ☆　ラブなライバル排除《はいじょ》？　みたいな？」

（ラブにならねーよ。カッパ）

たまには役に立ったらしい。しかし、感謝したら十倍返しのはた迷惑がありそうで、わざと視線を逸《そ》らし窓の外を駆《か》ける軍鶏《しゃも》を見ていた。

「っだあ！」

――ら。いきなり背後から何かで押され、前のめりにコケてしまう。

「我が皇子!?」

そのまま、まだ完全に閉まっていなかった【霊道】の穴に落ちてしまう。華が慌《あわ》てて手を伸ばしてきたが、間に合わなかった。

「おっ我が皇子！　妖怪たちに負けじとレース参加っすか☆蛇紋岩のつくもっちゃん、友達っすかーっ!?　オレっちもです☆」

「っちがうーっ！」

落ちるまっ最中なのに、KYがKYを発揮して、石と友情育《はぐく》む奇怪現像をカミングアウトしている映像が見える。何かが落ちてきた。

「あかんやろ……」

救護ロープではなく、ゼッケンだ——なぜ？

「ダメですよぉ☆我が皇子ご主人さまぁ☆　レース参加にはぁ、ちゃあんとっコレつけてくださぁい☆」

「っオレ、マジに妖怪レース参加になったの!?」

落ちつつツッこめば、晴明のドアップが目の前に映った。

「違います、后様。【妖怪☆寮祭り☆真似っこ】レースです。ちゃんと正式名称で言いましょう」

「っやっぱりお前か！　オレを穴へ蹴り降としたのはーぁぁぁ！」

「いいえ。落ちる后様の気をまぎらわす、この素敵スクリーンを作ったのは私ですが」

この側近《そっきん》、一度本当に不幸になるべきだ。

「いやー、わりーわりー落としたの、俺だわー。多節棍棒が、后の背中ぶつかってさー。まあ悪気ねーから」

「はあっ!?」

「バカ！　甘雨！」

予想外で落下中の現状も忘れ叫《さけ》ぶが、華の叫びが被《かぶ》さる（優しいオカンだ）。

「甘雨ほどの腕前《うでまえ》で、ぶつけるかしら」

「ですよね、雲ちゃん。この間、もっと小さいスペースで完璧《かんぺき》に多節棍棒を操ってましたしー」

「やれやれ……鬼畜《きちく》な主《あるじ》が、側近えん罪ですか」

雲と清《きよい》のツッコミに、晴明の溜息が交《ま》じる。

日頃の行いを反省しろ、と本当に言いたいが。

「我が皇子ふぁいっす！」

「きゃはーっ☆我が皇子ご主人さまだけーっ☆萌たん応援しますぅーっ☆」

「ちょ……っ、やめろってお前たち……!!」

（まともなのが華しかいない……っ！）

——落ちていきながら、恐怖《きょうふ》でなく悲しみの涙が出そうだ。

◆闇皇宮の一室◆

「あだ《いた》！」

スクリーンも消えていつまで落ち続けるのか、と思ったら、ぼて、とどこかに（顔面）着地した。あんなに落ちたのに、（あまり）痛くない。

「何をしている？　ここは私の私室だが」

「はい？」

板の間に畳《たたみ》が敷《し》かれ、布の壁《かべ》や黒い格子《こうし》の蔀戸《しとみど》が見える。声の方を振り返れば、燭台《しょくだい》の明かりがぼんやり見えた――周囲には、大量の巻物や書物が積まれている。

「ってえええ!?」

「いきなり現れたが――私に、何か用か？」

書物と書物の間から后《こう》を見つめていたのは、役《えんの》小角《おづぬ》だ。仕事中だったらしく、筆を持っていた。

（いやいやいや！　まずいだろう！　ここから三途《さんず》の川への行き方もわからないし！　というかオレ、そもそも参加するの認めてないんだけど！）

初めて会った時に比べればだいぶ緊張《きんちょう》も解けたが、それでも役小角は苦手だ。迫力《はくりょく》がある。

悪い人ではない、とはわかっていても、后の次期闇皇《やみおう》に反対しているのだし。

説明しようがなくて黙《だま》っていれば、役小角がじっとこちらを見ているのに気づいた。

「動揺《どうよう》している、か――では、私が調べよう」

「……え？」

顔を上げると視線が合ってしまい、慌《あわ》てて下を向いた。すごい、焦《あせ》る。

（晴明の師匠だし、オレの心なんか簡単に読んでるんだろーな――……）

逃げようがないのでじっとしている。気分は、まな板の上のコイだ。

霧砂《きりすな》に見つめられた時とは違う意味で、落ち着かない。

（こ、心の中、読まれてると思うと……!!）

外の鳥のさえずりや木々が揺《ゆ》れる音が聞こえるほどの静寂《せいじゃく》があってから、小さく役小角が口を開く。

「──オモテの皇子《おうじ》も、犠牲者《ぎせいしゃ》らしいな」

呟《つぶや》くと、后が手にしていたゼッケンを渡せ、と指示してきたので言う通りにする。

手にして、じっと眺《なが》めていた。

（き、気まずすぎる……っ、静寂の連発……！）

学校で、鬼の生活指導に呼び出された時よりドキドキする。もちろん、ダジャレではない。

板の間で正座しながら微動《びどう》だにせず、首を竦《すく》めてこっそり役小角の表情を窺《うかが》うことしかできなかった。

（うーん。整ってるなー……）

后の勝手なイメージだが、ロシア系の顔立ちだ。后よりも、さらに色素が薄《うす》いし、目鼻立ちがはっきりしている。

「事情はわかった。また、晴明《せいめい》か……」

役小角が小さく頷《うなず》いてから、呟《つぶや》いた。

「オモテの皇子も災難だったな。その手段に問題はあるが私のもとに己《おのれ》の大切な皇子を送ったのは、晴明の性格を考えると当然の事情はある」

「え？　なんで……？」

呟けば、役小角が淡々《たんたん》と続ける。


「【霊道《れいどう》】を完璧に塞ぐため、晴明は【霊道】のすぐ近くにいる。しかし、オモテの皇子が悪い気を受けないよう安全な場所に避難させることを考え、一時私のもとへ飛ばしたのだろう」

「役小角は、言派《ことい》なのに安全？　……あ、安全か」

闇皇に絶対服従を誓《ちか》っているので、父が后をどーとか命じない限り、役小角の側は安全だ。

「だからって、言の後見人《こうけんにん》にオレを預けるって……」

「しかし、晴明の性格的に闇皇様へオモテの皇子を預けはしないだろう。あれはオモテの皇子に関しては、心が狭《せま》い」

「…………」

無言なのは、晴明を気遣《きづか》って同意をしなかったのではなく、呆《あき》れて絶句しただけだ。

「あ、えーと……。三つ子を預けるのも、同じ？　危険からの避難《ひなん》場所として……？」

「いや、あの子たちは強く、闇鬼妖魔《あんきようま》を操る魔導師、危険はない。あの子たちの場合は、晴明が面倒くさがっているだけだな」

さすが晴明の師匠だ、いろいろと理解している。

「あ？」

頭を抱《かか》えてたら、役小角がすっと手を動かした。

危《あや》うく逃げそうになった。部屋の四方に、武装した鬼が現れたのだ。

「っ⁉　つみーちゃんの友達⁉」

「後鬼は総大将、これらは配下だ。室内が外部から見えないよう結界を作る。晴明級の能力者であろうが、ここにある重要書類を視《み》ることや我《われ》らの声を聞くことは不可能」

「………………」

レベルが違う。こういう場合、晴明は、『后様を驚《おどろ》かせるサプライズのためです』など、ふざけた理由でしか行動しない気がする。

「自分の皇子に、気を遣《つか》わせないためだろう」

「え？」

「何を考えているかは、表情でわかる。オモテの皇子は私の皇子と違い、考えが顔に出る」

「……（心を読む必要すらない、と）」

つまり、弟の言よりも単純で扱《あつか》いやすい、と言われているのだろうか――図星だが。


「あれー？　いませんよ？」

ぽん、と音がした方を見れば、雲《きんと》と清《きよい》が、和《なごみ》に抱《だ》っこされたまま宙に現れた。

――のはいいが、三人が乗ってる犬に驚愕《きょうがく》だ。牛のように大きい。あと、頭が三つある。

「役小角も留守《るす》だわ。おかしいわね……居場所をケルちゃんベロちゃんスーちゃんが間違えるわけないのに」

（三つ揃《そろ》ってケルベロスー……マジか）

后の記憶が間違っていなければ、これは地獄の番犬だ。雲、生き物好きにもほどがある。

ケルベロスは、后と役小角の気配を正確に探《さぐ》れないらしい。困惑《こんわく》したように、ウロウロと室内を彷徨《さまよ》っている――これは、ハンパない迫力だ。

うっかり役小角の影に隠《かく》れてしまうが、ご無体はされず黙って背中を貸してくれた。

見た通りに広い背だ。しかも、逃《に》げ心地《ごこち》のよさ（なんだそれは）があり、迂闊《うかつ》にも安心してしまう――后の味方ではないのに。

「后様はいませんか？　おかしいですねえ」

今度は晴明が現れた。

「きゃっぴりーん☆我《わ》が皇子ご主人さまぁ☆早く出て来てくださいなーっ☆萌《もえ》たんのチョンちゃんが、さっくりしたいーっ☆ってうずうずぅ～☆」

「萌一人で刈る気か？　私の銃剣《じゆうけん》・螭首丸《ちしゆまる》も戦慄《わなな》いている。ここは私に仕留めさせろ」

同行している萌と鬼火《きよか》は、武器の準備ＯＫだ。間違いなく晴明の護衛《ごえい》ではない、守護対象を殺《や》る気だ。

「わかるわかる～☆オレっちも鞭《むち》ビンビンで我が皇子を縛《しば》りまくりＭＡＸ～☆希望☆」

ＫＹ、お前もそっち側か。

「貴樹《たかき》、后様にそんな趣味ありませんよ多分」

（多分じゃねーよ、絶対ねーよ）

そう思うなら、晴明も后を東寺《とうじ》のてっぺんに縛りつけるとか、二度としないでほしい。

「一人で怯《おび》えてると思って、助けに来たのに……我が皇子、いないいね」

「怖《こわ》いヤツはもういねーぞー安全だ出てこいー」

（いやいや、もっと怖いのがそこにいる）

庭から現れた華と甘雨のすぐ横で、チョンちゃんと螭首丸が后を待っている。

雲が、ケルとベロとスーに、なにやら肉らしきものを与えつつ溜息《ためいき》をついた。

「そもそも、甘雨が我が皇子を穴に突き落としたのが悪かったのよ。ホント、無茶だわ」

「葵《あおい》の皇子が近寄ってて会わせたくなかったからって、我が皇子がカワイソーですよー」

（はあ⁉）

雲の呟きは、衝撃《しようげき》の内容だ。

「いやだって、あそこで主神《しゆしん》言殿《どの》が怒《おこ》って暴れたら、建物倒壊だぜ間違いなく」

「大丈夫だよ、主神言殿は我が皇子とオモテに迷惑《めいわく》をかけないと約束してるんだから、無茶はしない」

「えー、そーだったっけー？」

華へあはは、と笑う甘雨は確信犯だ。晴明が甘酒《あまざけ》を飲みつつしれっと言う。

「間一髪《かんいつぱつ》、后様は悪魔と遭遇《そうぐう》しなかったのでいいんですよ。甘雨はいい仕事をしました」

（お前、あえて止めなかったのか……）

どこをとっても最悪だ、この側近《そつきん》（と甘雨）。

「晴明様、もしや役小角殿が闇皇様のところへ、あのアホを連行しているのではないでしょうか？」

「きゃんきゃん☆闇皇ご主人さまの前でチョンちゃん☆大活躍できるんですかぁ～☆萌たんちょーきんちょーきゅるるんハッピー☆ですぅ☆」

「イエーッ☆みんなで我が皇子囲んで☆全力で能力ガンガン発揮しちゃおうゼ☆」

「燃やすよ」

　華が炎《ほのお》を召喚《しょうかん》して言う。本当に華あっての后の命だ、つくづく思う。

『皇子を囲む状況に対しては、非常に警戒《けいかい》をしているようだが』

　役小角が溜息をつく。そんな顔を見上げれば、色素の薄《うす》い双眸《そうぼう》に見返された。

『……不安か？　自分の守護たちだが？』

『え？　――あ、ごめ……っ』

　そして、役小角の視線が落ちる。追っていって、慌てた。役小角の狩衣《かりぎぬ》にしがみついていた。慌てて離れる――広い胸への安心感が勝《まさ》っていたようだ。ホスト臭《しゅう》が、破《ほくと》のようだからかもしれない。

『本当に面白《おもしろ》いな、オモテの皇子は。……普段はこんなにも弱く無力なのに』

『……言と、まるで出来が違うんで』

　じっと凝視する視線は、どうにも苦手だ。霧砂のものとはまるで違うが、困惑するのは変わらない。

『当たり前だ。私の皇子は史上最強、他は足元にも及ばぬ。超えるお方は、闇皇様以外あり得ぬ』

　動揺する后とは違い、役小角はまったく普段と変わらない。

「主神言殿も、今頃后を探してますかねー」

　甘雨が晴明に質問することは、后も気になっていたことだ。

「ですねー。いっそ協力し合って、我が皇子を捜した方が確実な気がしますー」

「嫌ですよ。とはいえこのままだと、遅かれ早かれ、悪魔が探し出してしまう……か」

　晴明が不愉快そうに呟いた。

　三つ子たちが、ケルベロスを見る。

「葵の皇子、捜せる？　……何か、手がかりになるものを役小角は持ってるかしら」

「そこの書棚《しょだな》に、書物ありましたよー。あ、そっちじゃないです、横三つ目……はい、そうです」

清が萌へ指示する。違う戸を開けば、ミニマムサイズの動物着ぐるみが出てきた。

「きゃーん☆可愛《かわい》いですぅ～☆役小角ご主人さまのぉお着物ですかぁ☆よぉくお似合いですぅ☆」

「すげっす役小角殿☆雲清サイズのコスをピッチピチに着るっすね！　チョー斬新《ざんしん》っす☆」

「役小角が、ぼくと雲ちゃんに用意してくれましたー」

天然爆弾《ばくだん》二つを、清が冷静に不発にする。

しかし、役小角の弟子《でし》がそれを邪魔《じゃま》した。

「いやいや清。間違いではない、とは断定できないでしょう。実は隠れた趣味をカモフラージュするため、師匠は着用後の服を三つ子へ渡してるのかも」

『す、すみません……』

居たたまれなくて、后が役小角へ頭を下げる。

『晴明は、子供の頃から目上に反発するのだ。気にしなくともいい』

さすがの師匠だ、人間ができている。


なぜ弟子は、一％でも影響《えいきょう》を受けなかったのか。

「この棚がチョー怪《あや》しいっす☆開けて問題ないっすかー☆？」

「師匠のプライベートを勝手に見るのはちょっと」

「いいわよ、けどそこは懐紙《かいし》が入ってるだけで、葵の皇子に関するものなんてないわ」

今さらな晴明より、雲の意見を優先したらしい、貴樹は遠慮《えんりょ》なく棚を開けた。

「きゃーん☆この引き出しどぉですかぁ☆？」

「悪魔の居場所なんぞ、もう探らずとも」

「そこ、ぼくたちの寝間着入ってるだけですよー。別に開けても、一向に問題ないですが」

さらに、萌の質問に答える晴明へ清まで被《かぶ》せてきた。萌も貴樹同様に、清の意見を優先する。

「……お前たち、創造主をなんだと」

「いやー、三つ子の方が、役小角殿に関しては、信用できるってことですかねー」

「っ、特別に役小角殿から可愛がられているから、ということで……！」

正直な甘雨へ、華が慌ててフォローを入れるが、晴明の眉間《みけん》の皺《しわ》は消えなかった。

「何よ晴明その顔。私たちは役小角の好みに合わせて可愛くしてるんだから、当たり前でしょ」

「そーですよ、ぼくたち役小角に愛される努力は怠《おこた》ってないですしー。頑張《がんば》って純粋ぶってますー」

(あわあわあわあわ)

雲と清のとんだ本音《ほんね》だ。聞かれてはいけない、と思い焦ったのだが、役小角本人はまったく表情も変えず聞いていた。萌が首を傾《かし》げる。

「三つ子ちゃんはぁ小角ご主人さまがぁ☆大好きなんですねーっ☆無邪気ですぅ☆」

(今の発言のどこに、無邪気の要素が!?)

判らない。しかし、三つ子は大きく頷いた。

「当たり前じゃない。役小角は優しいし、父さまの次にステキだわ」

「母さまや父さま、雛芥子《ひなげし》姫とは違う安心感があるんですよね～ぼくも和ちゃんも役小角が大好きです」

ケルベロスの上で、役小角を次々にたたえる人形二体――シュールだ。

しかし本当に嬉《うれ》しそうで、后はほっと息を吐《は》く。


『――役小角に懐《なつ》いてるなー……』

后は思わず呟く。役小角はただ黙って三つ子を見ているだけだが、穏やかな雰囲気だ。よかった――晴明みたいな性格じゃなくて。

脳裏に浮かんだのは、とある疑問だ。

『……言も、三つ子みたいに子供の頃は役小角に懐いて、いた……?』

『――』

口にしてから、はっとなる――役小角が、息を呑《の》んだのがわかったのだ。聞いてはいけなかったのかも、と後悔《こうかい》をしたが、(式神らが勝手に部屋を物色する様子《ようす》を凝視しつつ)役小角が静かに口を開いた。

『私の皇子は、幼《おさな》い頃より大人《おとな》以上に大人びていたゆえ、子供として扱われることを求めていなかった』

『……え?』

『私がどう思おうと、言様のお心次第』

『……て……』

溜息交じりの声音《こわね》には、様々な感情も交ざっているように感じる。

推測《すいそく》しかできないが――役小角は。

（言を、年相応に扱いたかった……？）

『抜《ぬ》きんでた才能を持つ者は、孤独』

それ以上は何も言わず、役小角は黙る。なので、会話は途切れてしまった——いろいろ聞きたいことは、あったけれど。

『せ、晴明を可愛いとは……？』

思考が絡《から》まっているせいか、口から出たのはわけのわからない質問だった。

役小角が、今度は后をじっと凝視する。

『可愛かったと思うか？　あれが』

『すみません』

濁《にご》りのない返答へ、頭を下げる。

『言様と同じく、晴明も生まれた時から抜きん出た才を持っていたが、昔から性格も言動もあまり変わらないな』

『ああ……』

つまり、相手を見下しバカにし何かと自分の才能を自慢《じまん》しまくっていた、ということか。

后と役小角がいることに気づかないまま、貴樹と甘雨が天井裏まで捜し、机上の書物に雲と清と和が落書きを始める——好き放題の典型が眼前に広がっている。

役小角へ改めて謝罪すべきか。

『後で晴明に厳重注意をしておくから、オモテの皇子は気に病《や》まぬよう』

『すみませんすみません』

結局、后は土下座《どげざ》した。

『ただ、晴明も大きく変化したことがある』

『え？』

顔を上げる。役小角は変わらず続けた。

『苦労せずなんでもできたゆえ、熱中するものがなかった。楽して完璧《かんぺき》にできるからな——しかし、オモテの皇子に対してだけは、真摯《しんし》』

『——』

役小角の、はっとするほど澄んだ目が后をとらえた。

『真剣になればなるほど、満足を得るは至難、ということを学ばせてくれた。感謝している』

『あ、ども……』

何をしたわけでもない、あえて言えば、晴明の無茶ぶりに命からがら付き合わされているだけだが。

『闇は光を求める。オモテの皇子が放つ光に、魅《み》せられぬ闇の者はいない』

それは、何度か言われている。目前で繰り広げられている無礼三昧に冷や冷やしつつ役小角を見れば、さらに言葉が続けられた。

『私の皇子もだが――その輝きには、心に深く闇を抱《いだ》く者が特に惹《ひ》かれているようだ』

『……心の闇？』

『歪《ゆが》んだ形ではあるが、徳長《とくなが》や神代白殿《かみしろはく》も――本当に面白い、オモテの皇子は』

『？？？』

訊こうにも、抽象的すぎて、わかりにくい。

綺麗《きれい》に口の端《はし》で笑《え》むと、役小角はそれきり黙った。

遭遇

「兄さん！」

「言《こと》!?」

いきなりがばっと抱《だ》きつかれ、驚《おどろ》いて振り返れば弟の綺麗《きれい》な顔がドアップであった。

「え!?　鬼の結界は!?」

ぶつかりそうな近さだったので慌《あわ》てて顔を避《よ》ければ、舌打ちが聞こえた――のはともかく。

なんで、視《み》えているのか。

訊《き》こうにも、（食人鬼《グール》ちゃん込みの）瑞宮《みずみや》と視線が合ってしまい、言葉が吹っ飛んだ。

確実だ間違いない。結界は、完全に、キレイ、さっぱり、なくなっている。

「もともと私の主《あるじ》からは隠《かく》していない。もちろん、闇皇様《やみおう》もオモテの皇子《おうじ》がここにいるのはご存じだろう」

「ですよね……」

さすが、役小角《えんのおづぬ》だ。

しかしできれば、瑞宮だけには視えないままにしていてほしかった。

「あれ？　后《こう》ここにいたかーやっぱなー」

気付いた甘雨が、あはは、と笑って后の肩《かた》を抱いてくる。最強だ、言の睨《にら》みをまったく気にしていない。

「あー役小角もいましたー」

「我《わ》が皇子を隠してたの、役小角だったのね」

嬉《うれ》しそうな三つ子の役小角への懐《なつ》きようはホノボノしているが、乗っているワンちゃんがいろいろ惜《お》しい。后としては、三つの顔にべろべろ顔を舐《な》められ、気絶しそうである。

「私たちから隠れ、役小角殿と浮気ですか予想外でした。しかもせっかく悪魔から隠した私たちの努力を踏《ふ》みにじり、しっかり鬱陶《うっとう》しく密着しているし。心配して泣き叫《さけ》びつつあんたを捜していた私たちの心を弄《もてあそ》ぶなんて本当に酷《ひど》いですね」

「長いよ、嫌味《いやみ》。そしてわざとらしいわ」

無礼三昧、師匠の部屋をガサ入れする自分の式神を軽く注意するのみで、後は甘酒《あまざけ》飲みつつ放置していた男の言い分だ。

その横で、一番弟子《でし》の性根をよく理解している師匠が、見事なほど普段通りに己の僕《しもべ》へ指示を出していた。

「晴明《せいめい》が、オモテに流れた余分な陰《いん》の気は排除《はいじょ》しているだろうが、獄界冥界《ごくかいめいかい》の鬼に動きがあるようなら、適正な手段にて引き留めるように」

「……はい」

「適正、の意味は僕の判断にて……」

役小角の命令に楔《くさび》と瑞宮が頷《うなず》く。消える前に文字通り殺気を投げられたのは、きっと気のせいだ。

「あ」

「地獄《じごく》の番犬で、さすがに殺せないから」

ベロンベロン后の顔を舐めていたケルちゃんベロちゃんスーちゃんが、ぱっと消えた——言が職務復帰させてやったのだろう。よかった。

「今から裏切り者たちを粛正《しゅくせい》するね！　血しぶき飛んだら服に染みついちゃうから、兄さんは向こうの殿《でん》に控《ひか》えていてくれるかな？　僕の応援《おうえん》で側《そば》にいてくれるのは本当に嬉しいけどっ」

「言くん、一段と発言の過激さがグレードアップしてませんか？」

というか、誰《だれ》たちを血祭りにしたがっているのかはわかるけど、『裏切り者』の意味がわからない。

「晴明が、兄さんを僕から隠すために妖怪らに遭遇させ、不幸に陥《おとしい》れていたのを知ってるんだ。それに荷担《かたん》した式神の青龍《せいりゅう》や白虎《びゃっこ》や道満《どうまん》や三つ子も処分対象にしてるから、平気だよっ」

着実に、言のブラックリストが更新されている。

「あー☆　我が皇子ご主人さまぁ☆ゼッケンまだつけてないんですかぁ☆失格っちゃいますよぅ☆メッですぅ☆」

「さっすが我が皇子☆すでに都市伝説妖怪の一〇〇キロばばあが一位になったのを知って棄権《きけん》っすか☆ムダな体力能力寿命削《けず》らないって合理的っす☆」

「男なら、負けるとわかってても全力で最後まで闘《たたか》え、そして散れ。それができぬなら生きる価値なし」

「いや、最初から参加してないよ、我が皇子は」

なぜ、この迷惑《めいわく》メイドとＫＹと水終《うみ》のストーカーたちは、言の殺処分リストに載《の》らないのか。華《はなやぎ》のリスト除外は当然として。

「言様、晴明はオモテの皇子を、オモテに噴出した【霊道《れいどう》】の悪影響《あくえいきょう》から護《まも》ろうとし、私の側へ寄越した所存」

「――――」

役小角の説明へ、言が視線を向ける。后への甘えた表情とは対極な、冷たい双眸《そうぼう》だ。

（生まれた時からの、後見人《こうけんにん》への視線じゃない）

役小角に今、抱きついている三つ子とは比較《ひかく》しようがないほど、態度の違いは明らかだった。

（言は孤独だったって……）

これが子供の頃から変わっていないと思うと、胸が痛い。

「……敬愛する我が師、役小角殿」

后をじっと見ていた晴明が、ふと視線の先を変えた。

「そうして無邪気《むじゃき》な三つ子と触《ふ》れ合うことで、日々の重責による疲《つか》れはすべて癒《い》やされることでしょう。弟子《でし》として、常に師の健康を思いいたわる気持ちが

あるゆえの、己《おのれ》の式神への指示です」

見事すぎるウソだ。

「それ、こじつけだわ」

「ですねー、ぼくらの面倒を役小角へ押しつけただけですよねーホントはー」

よく理解している三つ子が、冷静に指摘する。

「……晴明。闇《やみ》とオモテでなく、獄界で頑張《がんば》れ」

「気遣い溢れるこの私が、なぜ」

后の呆れたため息は、見事に無視された。

晴明も、今も昔も変わらず役小角へ迷惑をかけていたのか——思うと頭が痛い。

お弁当

「ところで、我《わ》が皇子《おうじ》。どうして【霊道《れいどう》】のある寮に来ていたの？」

じゃあねえ、と手を振りながらの質問には、雲《きんと》は特に答えを求めていないようだった。

后《こう》が口を開く前に、役小角《えんのおづぬ》に抱《だ》っこされたまま、清《きよい》と和《なごみ》と一緒に消えてしまった。

「私も任務に戻る。水《う》……仕事が待っている」

鬼火《きよか》も同じタイミングで消えたが、間違いなく同じ場所には行ってないだろう。役小角たちが水終《うみ》のもとへ行ったのなら、話は別だが。

「……弁当」

誰《だれ》もいなくなった廂《ひさし》に向かい、后は呟《つぶや》く。

そうだ、思い出した。母親に頼まれていたのだ。

「……っ！　オレが持ってた弁当、どこ!?　やばい！　捜《さが》さないと！　万が一にも捨てられてたらオレ、一ヶ月は夕飯作ってもらえない！」

躾《しつけ》に厳しい母は、食べ物を少しでも粗末《そまつ》にすると何倍にもして叱《しか》ってくる。どこで落としたかはわかっている、華《はなやぎ》の部屋だ。

というか、正確にいえば華の部屋の床《ゆか》いっぱいにできた【霊道】に落ちた時だ。あの世に落ちてしまった可能性が高い。

「……べ、弁当って成仏《じょうぶつ》できるの？」

「？　食物は、調理される前に息の根を止められてるよ？　だから、成仏してるんじゃないかな。活《い》け作りとかでない限り」

背中にくっついていた言《ことい》が、真面目《まじめ》に答えてくれる――なるほど。

「きゃっぴりんこっ☆萌《もえ》たん、もしかしてぇ我が皇子ご主人さまのぉ☆お弁当☆見たかもですぅ～☆」

「どこで？」

萌と貴樹《たかき》が后の側へ行かないように、華は押さえつつ尋《たず》ねてくれる。

「えーっとえーっと☆うーんうーん☆賽《さい》の河原《かわら》ですぅ☆獄卒《ごくそつ》お兄ちゃんたちがぁ☆フロシキ包みをぉ広げてぇ☆お弁当箱開けてましたぁ☆」


「はいはーい☆オレっちもチョールッキング☆奪衣婆《だつえば》が玉子豆腐《たまごどうふ》食ってましたよ～☆うまそ～に☆」

妖怪レースのゴールでのことらしい。晴明は后の腕《うで》を掴《つか》んで提案してきた。

「ああでは、さっそく賽の河原に行きましょう后様。顔見知りの小石も喜びますよ」

「簡単に見つかってよかったなー后！　邪魔《じゃま》な獄卒は俺がさっくさく殺《や》ってやるから、任《まか》せろ！」

甘雨《かんう》は后の肩《かた》を抱いて、不吉なことを力強く宣言してきた。

この二名、言の殺気など気にしていない。

「……我が皇子、泣きそうだから」

いつもながら、后の真の味方である華ありがとう。本当に、気苦労かけているごめんなさい。そして、これからもよろしくお願いします。

「僕も、お母さんから頼まれものがあって、兄さんを捜していたんだよ」

「え？　何？」

「白虎《びゃっこ》から借りた、重箱だって」

ほら、と言が手を翳《かざ》すとそこに見慣れた風呂敷《ふろしき》に包まれた四角い箱らしきものが現れた。料理が入っているのか、いい匂《にお》いがする。

「事情を話して……、こっちの重箱だけでも返せば、いいかな……」

「ご母堂《ぼどう》へは、僕も一緒に謝ってあげるから。元はといえば、僕と破《ほくと》の部屋の【霊道】がすべての原因なんだし」

申し訳なさそうな華が、后の顔を覗《のぞ》き込む。

晴明が、やれやれ、と肩で息をついた。

「まったく……。最強式神《しきがみ》四天王《してんのう》の自覚がなさすぎですね、華。后様に迷惑《めいわく》をかけるとは」

「黙《だま》れ、腐《くさ》れ陰陽師《おんみようじ》」

脊髄《せきずい》反射で后が反論してしまう。華、そこは項垂《うなだ》れて晴明へ頷《うなず》くところではない、断じて。

晴明の首を絞《し》めていれば、（何故、言へどや顔をしているんだこいつ）んー、とわざとらしさ全開で悩《なや》んでいた萌が、はいはいと挙手をした。

「今からぁ☆獄卒お兄ちゃんやぁ奪衣婆お嬢様のぉトコロにぃ☆返してもらいに行くとかぁ☆」

「ナイスアイディア☆さっすが萌ちん！　誠意で襲撃《しゆうげき》すれば☆漬《つ》け物《もの》ひと口くらい戻《もど》ってくるかも☆」

「いらんわ」

話にのった貴樹へ、后は速攻却下《きやつか》だ。

「なんでですか？　レースは順位ではなく、ゴールすることが素晴らしいのですよ」

「遠慮《えんりよ》するなよ后！　比紗《ひさ》さんの弁当の敵、俺がきっちり十倍返しで取ってやるから今すぐ賽の河原行こうぜー！　俺行ってみたかったんだよなー」

晴明と甘雨にがくんがくん体を揺《ゆ》らされ、ろくでもない提案を投げつけられる。

「ふざけるな、兄さんを弄《もてあそ》んだり己《おのれ》の欲望を満たすのに使おうとするのは許せない」

「というか言くん、嬉《うれ》しいけど。ちょっと人聞き悪いからニュアンス変えようか」

言が后を抱きしめ護《まも》ってくれるが、言動はギリギリだ。一応のお礼を言えば、悲痛な弟の顔が向けられた。

「えっ!?　嬉しいって、晴明と青龍《せいりゆう》に弄ばれたり欲望満たす道具にされることが!?」

「言くんが、心配して、くれること、です」

ギリギリは超えた、アウトだ。

「みなさん、我が皇子は行きたくないと言うので、無理強《じ》いはやめましょう」

「破……？」

反対側から声がする。誰かわかってホッと安堵《あんど》しつつ振り返り——ぎょっとした。

「……お仕事、お疲《つか》れ様です……っ、ホクトさんっ」

「なんで、敬語なの？」

「申し訳ありません、我が皇子。ホストクラブの売り上げ強化期間ゆえ、参上が遅れました」

慇懃《いんぎん》に、庭に跪《ひざまず》いていたのはカリスマホスト・ホクトだ——オモテの仕事から直行したのか、闇皇《やみこう》宮《きゅう》で妖《あや》しく目立っている。

オモテバージョンな華の横にいるから一層、キラキラが際《きわ》だっていた。

「大変だよな……闇では公家《くげ》らにも一目おかれる存在なのに、オモテではホストしてるなんて……」

「いいえ、絶対にナンバーワンを他者に明け渡すな、とは、晴明様のご命令ですし」


「——お前、自分の式神どうしたいの？」

つい訊《き》いてしまう。返答次第ではボコにしたい。

「次期闇皇《やみおう》の近衛隊《このえたい》でもある最強十二式神、どんなことにもオモテに負けることは許されません」

「これは負けてもいい案件だっつの」

却下だ、晴明の指針は。

ホクトが言う。

「ところで我が皇子、清涼殿《せいりょうでん》にて役小角殿に会い、事情を聞きました。私や華の家にできた【霊道】のせいで、大変ご迷惑をおかけしました」

「破と役小角の対面……」

祇園《ぎおん》の夜の帝王とカリスマホスト、夢の共演だ。

「もとはといえば、私に代わり、お弁当を作っていただき、しかも主神《しゅしん》言殿にいたっては私の忘れ物を届けていただいたという事実……すべての責任は、私だけにあります」

申し訳なさそうに頭を下げる破は別に悪くない。

忙《いそが》しいのは問題ではなかった。この場合、晴明が作った【霊道】が問題ではないのか、破の気に誘導《ゆうどう》されたものだとしても。

「それで……お詫《わ》びにもなりませんが、早急に解決します。後のことは、すべて私にお任せください」

「後始末、全部やってくれるってか？」

破の提案に、甘雨が尋ねる。頷きが返った。

「はい、我が皇子にこれ以上のご迷惑をおかけできませんし」

破が数珠《じゅず》を取り出した——ホストスタイルのせいか、長い真珠のネックレスに見える。

「三つ子にも事情はすべて聞いています」

「わあああああああ!?」

どばっと出てきたのは、大量の妖怪である。

「なななななんで!?」

「はい、【霊道】からの陰の気を受け、彼らとお祭りをしているのですよね。では、私がきっちり、【妖怪☆わくわく】レースを仕切りなおしますので。楽しんでください」

役小角の殿《でん》を妖怪だらけにして、破が優しい笑顔を見せる。

いや、タイトル造ってるし。

「破！」

焦《あせ》って止めようとする華を制止し、晴明がしれっと告げた。

「ご安心を。后様に仇《あだ》なさぬ妖怪のみ、この殿に入れるよう結界の形を変更しましたので」

「お前、ここ師匠《ししょう》の私殿ってわかってる!?」

焦る后（と言）を、晴明がじとっと睨《にら》む。

「側近兼教師《そっきんけんきょうし》の前で、末期ブラコン悪魔とイチャイチャする主《あるじ》よりはマシですよ」

「…………」

原因はそれか。怒《いか》りより心から呆《あき》れる。

「おー、楽しそうだなー。俺も参加しよー」

「萌たんもですぅ☆」

「オレっちも☆ぜってー☆優勝するっす！」

「……好きにして」

后とは違い、式神の数柱《ちゅう》は楽しそうだ（華は頭を抱《かか》えたままだが）。ならば、よかったかもしれない……いや、そうか？　よくない。

「我が皇子？　何か、悩み事でも……？」

「え、……いや」

破が心配そうに、へたり込んでいる后の顔を覗き込む。とりあえず、笑ってごまかした。破には、わかるまい。

「……兄さん、大丈夫……？」

「言……」

弟も、心配している。

「レースするの？　妖怪ごときと？　仕方ないな、僕は兄さんと組んで出場するよ」

「いや、止めて……言」

晴明の不機嫌《ふきげん》が鬱陶《うっとう》しいし、大仰《おおぎょう》に溜息をつき、后は天を仰ぐ。

——とりあえず。今は。

現状打破を、考えよう。

終

★ショートストーリー★

見習い官人は日誌中！

今日も親友のコータから、楽しいオモテの遊びを教えてもらった。

【どつきまんざい】というもので、ようはコータが何か喋ったら問答無用に頭をぶん殴るというもの……あっ間違えた。教えてくれたのは、コータがお守りをしている皇子と皇女だっけか。

ものすごい出世をしてるコータに負けず、オレもまさか皇族とは言わないけど、せめて公家にお顔覚えしてもらえるくらいの官人にならないと。

コータとは、どつき漫才組を組んで日々笑いの研究をしているんだけど、最近は白樫くんも練習によく参加してくれてる。

今日は、オレがコータに蹴りを入れる夫婦漫才を練習していた。でもそれは空振りして、捨て身で笑いを取る白樫くんから顔面アタックされた。

んでそれを見ていた、コータの横によくいる謎の黒髪少年が、『よし』と言ってた。ので、笑いとしてはまずまずの合格ラインだったんだろう。

明日は、清皇子から教えてもらった、土下座芸なるものをコータに教えてやろうと思う。

◆ ◆ ◆

胃が痛い。今日も僕は生きている……。

本日も、こともあろうか梛のアホが、恐れ多くも次期やみみみみみ……コータ様をドツいていた。

と、周囲に隠れていたあの最強十二式神がザっと出てきて武器を構えて殺気満々だったのに、なんで梛のアホは気づかないんだ、あり得ない。

しかも恐れ知らずのアホすぎて、嫌がるコータ様を無視して自己満足で漫才組を結成。問答無用にコータ様を殴りまくり、闇世界最強の式神様たちを激高させている……のに、なぜ気づかない⁉

今日は、最強式神四天王様に、なぜか僕も睨まれたし……。

「夫婦漫才だー！」なんて意気揚々と梛はホザいてコータ様に無体を働いた直後、ああああああ安倍晴……様と、葵のののののおおおおお……コータ様の弟様が降臨され、なんと僕まで巻き込んで梛を囲んだ。僕は死んだ、と確信した。

——必死にコータ様を庇った僕だが、激しく動揺していたので梛に直撃、結果僕の美しい横顔が蹴られたが、コータ様は無事だったのでよし。

……僕はいずれ、梛に殺される。

やみやみ劇場
by いとうあきと
ねた/かなざわありこ
誘惑♥
役小角は事実上闇皇に次ぐ権力を得ているので 誘惑は多い
これどうぞ
ぜひ息子をご推挙いただければ…
実力で正々堂々どうぞ
実力者は大変ですね 良くも悪くも力を求められ…私も請う立場ですが
くだらない 何をされようと私の心は揺らがぬ
それはどうでしょう
例の物をこれへ
ジャッ
これぜんぶくれるらしーです
ありがとー
あ。白 この着物
役小角様がくださったの…着ていいかしら?
パキン
………。
白の束帯服もあるのよ 婚儀の正装ですって
これ二人もほしいの?
なにらみあってるの?
神代白が負けますね これ……
どーだろ
闇とオモテの極めて高い地位同士の極めて低すぎる戦いだなあ

★やみやみ劇場EX★「コンプレックス」 伊藤明十

あらら…后のはちょっと大きかったなあ
ありがとーばあちゃんっ
うぅん おれすぐに大きくなるから大丈夫や
この制服…サイズ合ってないんちゃう？
小さくしてもらい
これでいいよ 身長もっとのびるし
后様 その服どなたかのおさがりですか
大きくないですか？
オレの…だけどそのうちぴったりになるんだよ!!
そろそろあきらめた方がいいよ
にっこり
まだのびるもん

カバーラフ大公開!!

Presented by Akito Ito

闇皇メンバー総出演の超豪華描き下ろしロングカバーイラスト。ここでは特別に、伊藤明十先生によるラフスケッチを大公開！　今回、惜しまれながら採用に至らなかった別バージョンもお蔵出ししちゃいます！

闇皇キャラが
ずらっと勢揃い!!
サービス度1000%の
カバーイラスト。

京都の名所を
バックに、后と言が
街中をそぞろ歩き。
一緒に散歩したい！

幅広い年代のファンから熱い支持を受け、
いま人気急上昇中のＺｅｘ（ゼクス）。
３ｒｄフルアルバムを引っさげた
初の全国ツアーに向け、
１日平均３時間睡眠という超多忙な彼らが、
本誌記者の前で語った本音とは——？

Zex
SPECIAL INTERVIEW
かっこいい、だけじゃない。時代に選ばれた彼らの素顔とは？

気になる！Ｚｅｘメンバーの出会いのエピソードとは

——仲が良いことでも有名なＺｅｘだけど、皆さんの出会いは？

景：オレと令司は養成所だよなーっ？

令司：そう。僕の飲み物を景が勝手に飲んだのがきっかけ（笑）。

景：間違えただけだって！

令司：景は昔も今もそそっかしいから。

聖弥：わかるわかる、景って今でも俺の弁当、勝手に肉奪うし（笑）。まー、ちゃんとおかずを奪い返してるけど？（笑）

令司：景と聖弥のじゃれ合いを、僕と貴樹が冷めた視線で見てるよね（笑）。

景：二人ともカッコよすぎなんだよー。

聖弥：まあまあ、メールしてる姿だけでも格好いいのが、令司と貴樹、たる所以だよなー。

令司：そんなパーフェクト・貴樹との出会いって、聖弥が最初だっけ？

貴樹：ああ……オレが皆と出会ったのは、養成所でのダンスチームが聖弥と一緒だったのがきっかけだね。
――なるほど、つまり景絡みは食べ物飲み物がきっかけで、貴樹だとダンス？
景：ひっでーっ（笑）！　オレが笑い、貴樹がイケメンスタンスって、いつも決めつけるーっ。オレだって、貴樹くらいカッコいいトコロあるんだぜ？
令司：無理するなよ（笑）。景が貴樹みたいなクールになったら事件だ（笑）。
聖弥：貴樹になるのは大変だと思うぜ？　いっつも完璧とか、景にできるかー？
貴樹：いやだな、オレだってたまには失敗するし。ふざける時だってあるよ。
――貴樹がふざけるのって、想像つかないけど、皆には冗談とか言うの？
景：言わない言わない（断言）。貴樹はホント、このままカッコいいヤツ？
令司：少しくらい隙があった方が、近寄りやすいとは思うけど、それは貴樹じゃなくなるしね。
聖弥：それ、令司にも言えるって（爆笑）。
貴樹：景や聖弥みたいに、いつも冗談ばかり言っていられないよ。

ツアーで判明したメンバーの素顔……？

――先日のドームツアー、楽しかったこと教えてくれる？
景：全部楽しかった！　ファンのみんなのテンションも、スタッフとの一体感も！　やっぱライブ最高だよね！
令司：Ｚｅｘファンは、ダンスのノリいいよね。以前京都であったシークレットライブでは、エキサイティングしてた男の子いたしね（笑）。
聖弥：貴樹がノリでステージに上げた可愛い高校生だろ？　貴樹に抱きしめられて泣いて喜んでたもんな！
貴樹：ホント嬉しいよね。これからも、サプライズしたいな。オレは不器用だし、感謝と愛が伝わりにくいから。

――さすが、ファンを大事にするＺｅｘだよね。
景：打ち上げでも、次のライブでどうやってファンに喜んでもらおうかって話ももうしてるし！　めっちゃ大事！
令司：景は率先して意見言うよね。反省もよかったことも、両方とも。聖弥ははしゃぎまくってるけど。
聖弥：スタッフと仲良くして、次のライブも円滑にしよーとしてるの！　貴樹は一人になりたがるし、俺しかムードメーカーいないだろ!?
――え？　貴樹は一緒じゃないの？
景：貴樹はいつでもカッコいいから、聖弥みたいにハメ外さないよ（笑）。
令司：一人で物思いに耽ることが多いかな。気づけば、部屋にいない（笑）。
聖弥：天然でイケメンってどんだけだよ！　少しは俺につきあえよ（笑）。
貴樹：ハイテンションは聖弥に任せるよ（笑）。オレはオレらしくしてるだけ。
――ライブのスペシャルゲストも、打ち上げで考えたりするの？
景：考えますよー。今回みたいに、

霧砂さんを招いて、ファンを大喜びさせよーとか（笑）。まあ尊敬しすぎて、めっちゃキンチョーしちゃうんですけどーっ！

令司：それで、いつも霧砂さんに迷惑かけるんだよな。先日の撮影では、霧砂さんがファンから貰ったらしい人形で、景は勝手に遊んでいたし（笑）。

景：あれオレじゃないって！

聖弥：あ、それ令司が言ってたやつ？　人形二体を膝や頭にのせてたって。

景：違うって！　気づいたら、人形が勝手にのってたんだよ（汗）。

聖弥：なんだそりゃ、怪談？（笑）

貴樹：人形は勝手に動かないよ。霧砂さんも笑っていたからいいじゃないか。

——霧砂が主演の、某学園ドラマの撮影の話？　景と令司も生徒役だったね。

景：あのドラマから霧砂さんと親しくなれて、すっげーハッピーでした！

令司：完璧主義の霧砂さんはすべてにおいて素晴らしくて、勉強になることをたくさん教えてもらえました。霧砂さんは僕らにとって憧れの先輩だから、距離が縮められて嬉しかったです。

聖弥：俺と貴樹がやってる番組に、霧砂さん来てくれたコトあったよな。いっそ毎週呼んで、景や令司より霧砂さんと仲良くなってしまおうか？（笑）

貴樹：霧砂さんに迷惑かかるよ。空気は読むべきだ（笑）。もちろん、もっと親しくなりたいけどね。

——ドラマには、霧砂と同期のｋａｚｕ-ｙａも出ていたよね？

景：はい。

令司：そうですね。

——あれ？　コメント少ないなー。何かエピソードあったら教えてくれる？

景：はい。

令司：そう、ですね……聖弥は？

聖弥：あー、メイドカフェで働くアイドルしてる親戚の、ＣＤを貰ったかなー（笑）。宣伝用に何枚もあるとかで。

貴樹：聖弥が可愛い女の子好きだから、プレゼントだよ、きっと（笑）。

クールな貴樹の好みのタイプは「太陽のような人」!?

——そういえば、みんなの好きなタイプってどんな感じの子？

景：明るくて優しい子！　空気読めて、気遣いできる令司や貴樹みたいな子！

聖弥：ひでー、俺は？　優しいのにー。

景：空気読めないだろ!?　貴樹見習え！

令司：聖弥はそれがいいところだから（笑）。僕は……そうだな、気配りができる、笑顔がステキな女の子、かな？

聖弥：令司の言う通り、俺のこんな性格も長所（笑）！　女の子はみんな好きだなー、俺のファンならなおさら！　貴樹は気が利いてるから愛してるぜ！（笑）

貴樹：いきなり、何（笑）。オレは、太陽のような人が好き……かな。照れ屋で素直じゃないとか……ね。

――この事務所は社長もイケメンって話だけど、どういう人？

景：いきなり（笑）。徳長社長なら、そこにいるから本人に聞けばー？　ちなみにマジイケメン（笑）。優しくていい人！

令司：Zexを大事にしてくれている、信じてずっとついていきたい方です。

聖弥：アイディアも毎回出してくれてて、ホントすごい！　Zexの今の人気はすべて社長のおかげです（断言）。

貴樹：オレと趣味や好みが一緒で、話していて楽しいですね（笑）。

――楽しい話ありがとうございました。最後にファンへ一言お願いします。

景：みんな！　愛してるよ！

令司：いつも応援ありがとう。これからも僕たちZexを見ていてほしいな。

聖弥：ますます飛躍する俺たちを熱く愛し続けてくれな!?　約束だぜ！

貴樹：あなたが応援してくれる限り、オレはがんばれます。愛しい人。

（インタビュー・YAMI TV編集部）

PROFILE

Zex【ゼクス】★★★★★★★★★★★★★

聖弥、貴樹、景、令司の４人組アイドルユニット。所属プロダクションは Virtuous。鮮烈なデビューからたったの１年でスターダムを駆け上がり、国民的アイドルに成長した彼ら。この秋、初週ミリオンを達成したニューアルバムを引っさげ、全国ツアーがスタート！　ファンの間でも評価の高い、華やかなステージアクトを目にするチャンスだ。インストアイベントなどにも積極的に開催予定なので、公式サイトをぜひチェックしよう!!

★★★★★★★★★★★★★★★★★★★★

information

NEW ALBUM「Lovin' You」大好評発売中!!

ニューアルバムはZexの新境地!

リリース直後から話題沸騰!!　CMタイアップ曲はもちろん、メンバーたちが作詞を手掛けた楽曲にも注目。初回限定盤には、Zapp KYOTOで行われたシークレットライブの音源をボーナストラックとして収録！

Blu-ray&DVD 第1巻 予約受付中
レンタル同時リリース
僕がこの学校に来た意味。それは――
主演：霧砂／出演：景(Zex) 令司(Zex)
「こんな教師、存在するわけがない――」
人気沸騰★驚愕のクラスルーム革命！
仮面☆先生
KAMEN-TEACHER

★やみやみ劇場EX★「どうでもいい話」 伊藤明十

この中だと……ダントツでメイド服ですね
貴様の趣味は興味ない やはり清楚な和服だ
うーん そうだなあ 定番の制服じゃね？
このネコ耳着ぐるみなんかいいんじゃないですか
愛らしくて
えー バニーちゃんとか似合うんじゃない？
だまれ変態。
コスプレ
パーティグッズ
ワリィ待たせた？
ここ…何やってんだそんなとこで
なんでもないですよ
おつかい

闇の皇太子　用語集

あ

★甘酒【あまざけ】
超絶甘党変人の晴明がいつも口にしている、赤い花柄の缶が可愛らしい甘酒飲料。ポケット等からいつでも無限に出てくる。ほかに晴明の好む飲み物に、后の祖母特製・砂糖たっぷり麦茶、砂糖入りビールなどがある。

★闇鬼【あんき】
人の邪念や悪意の集合体。黒い靄の形で現れる。オモテと闇世界の均衡を保つため、オモテで増えすぎた闇鬼を駆除するのも式神たちの役目である。

★エンジェル【えんじぇる】
幼い頃、天使のように清らかで愛らしかったみーちゃん＝瑞宮を指す。

★幼なじみ【おさななじみ】
幼い頃に親しくしていた友人。親友。ただし闇世界が絡むと、相手を護るためにオモテに転生してきたり、逆に生まれた時から常に命を狙っていたりと、複雑な関係になる。

★オモテ【おもて】
后たちが暮らす世界。闇世界と対をなす世界としてオモテと呼ばれる。

★オモテの〝柱〟【おもての〝はしら〟】
オモテと闇世界を繋ぐ橋渡しであり、中枢。中心柱。神代白は、一言主神を宿す后が闇皇の座につかず、柱としてオモテに留まるべきだと主張した。

★陰陽師【おんみょうじ】
陰陽道により吉凶を占う専門職。その知識は天文、暦数、気象など幅広い。オモテで「狐の子」などと噂される平安時代の達人・安倍晴明は実は闇世界の出身で、后の教育係の晴明は、直系の子孫。闇世界では、代々の安倍晴明が闇皇に側近として仕えている。

か

★餓鬼【がき】
冥界に行けず獄界をさまよう闇鬼の一種。骨と皮ばかりの体に、大きく膨らんだ腹が特徴。后の力の影響で、オモテに棲みつく餓鬼が増えてきている。

★覚醒【かくせい】
后の闇としての超常能力の発現。現在のところ不安定で、言など周囲の者を護るためや、命が危険にさらされた極限時など、限られた状況でしか力が現れない。安定的に力を使えるよう、教育係の晴明が特訓中。

★神代グループ【かみしろぐるーぷ】
弱冠十五歳の神代白が総帥を務める、オモテの巨大企業。幅広い業種にわたり君臨するコングロマリットであり、闇との繋がりも深い。神代白は闇皇代理の役小角とも対等に渡り合う実力の持ち主。

★鴨川河川敷【かもがわかせんじき】

市街地有数のデートスポット。夜になると等間隔に座るカップルが鈴なりになる。言がたびたび后と行きたがる（腕組んで頬寄せて、密着して座るため）が、后は丁重にお断り申しあげている。

★か弱いウサギさん病【かよわいうさぎさんびょう】

后と比紗が構わないと寂しくて死んでしまう、御門と言特有の病気。

★祇園祭【ぎおんまつり】

言わずと知れた、日本を代表する祭りで、京都の夏の風物詩。京都市東山区の八坂神社（祇園社）の祭礼で、七月の丸ひと月にわたって行われるが、なかでも「宵山」「山鉾巡行」「神輿渡御」などには多くの見物客が集まる。

★教育係【きょういくがかり】

后が闇皇になるための教育を一手に引き受ける安倍晴明のこと。

★九字【くじ】

呪力を持つとされる九つの漢字。陰陽道、修験道等で主に護身のための呪文として用いられた。この文句を唱えながら、手で印を結ぶか空中に線を描き、災いから身を護る。

★久世稚児【くぜちご】

祇園祭で、御輿の先導をする稚児。闇世界の祇園祭では、山鉾に乗る稚児は神の使いの役目と同時に闇鬼や餓鬼を呼び寄せる餌であり、その身に大量の厄災を吸収するため、命を落とす可能性もある。

★KY【けーわい】

「空気の読めない人間」を指す言葉だが、ここでは十二式神の一柱であり、Zexメンバー・貴樹のこと。

★検非違使【けびいし】

闇世界の警察機構。違法行為を取り締まり、京の街の治安を維持する役目。

★賢玉位【けんぎょくい】

闇皇が役小角と晴明の実力を認め与えた特別位。政において、闇皇に次ぐ権力をもつ。血統、家柄を重んじる闇世界において、貧困層出身の役小角がこの地位を得たことは画期的だった。

★眷属【けんぞく】

本来、神の使者を指す言葉で、眷愛隷属・眷顧隷属の略語。十二式神は晴明の眷属であり、役小角は眷属として鬼を使う。

★皇位継承権【こういけいしょうけん】

闇世界の皇位継承権の順位は、現闇皇の宣言により決められる。原則として年齢順ではなく、闇皇としての潜在能力が最も強い者（現状では后）を筆頭に、継承権が低くなる。

※年齢順では一颯が一番上だが、継承権は六位。

16歳で1位

26歳で6位

★后タングッズ【こうたんぐっず】

御門が、頻繁に会えない息子を愛するあまりに製作し、清涼殿の自分の部屋に置いているグッズ。バスタオル一枚姿の『入浴后タン』や、『三分の一スケール后タン』など多数。『比紗の膝枕』など、妻を模したグッズもある。

★国宝級の鈍感【こくほうきゅうのどんかん】

無敵の愛されキャラ・后の、もしかすると最強の能力（?）。周囲を惹きつける自らの魅力に気づいていないのはもちろん、側近である晴明からの想いには強烈に鈍感。

★言のSとM【こといのえすとえむ】

言が思い込んでいる「S」と「M」の間違った解釈。

Sは晴明と徳長のことだから、『去れ』の頭文字からついた『邪魔者』の意味。Mは『待って』を意味し『一緒にいたい人』のこと。

さ

★斎王代【さいおうだい】

京都三大祭の一つ・葵祭の女人列の中心。かつて未婚の皇女から選ばれた「斎王」に代わる役割。過去七年連続で雛芥子が務めた。闇での斎王代は、疫神（もさがみ）や悪疾神（あくえきしん）を身につけ運ぶ役割で、高い能力が求められる。

★最凶スポット【さいきょうすぽっと】

后や甘雨たちが通う高校・北洛高校。生徒会長は玄武水終（正体を隠した昭和のメガネ委員長スタイル）、生徒会会計を鬼の総大将が二・後鬼瑞宮が務め、言は中等部の生徒会長。

東山トンネルを超える、最凶かつ最強スポットである。

★最強迷惑コンビ【さいきょうめいわくこんび】

貴樹と萌。二人が顔を合わせると、超テンション&翻訳不能の異次元会話が展開される。

★最高級和布団【さいこうきゅうわぶとん】

晴明が天神家に持ち込んだ、N川ブランドの〝ダブル幅〟高級寝具。女陰陽師の襲撃で負傷した晴明が、后をつきっきりの看病（添い寝）に誘うなど、たびたび后の誘惑（?）に使われる。

★式神【しきがみ】

安倍晴明の術により生み出された人形。高級な自然霊を人間の形にしたもの。式神十二神将は一人残らず美形の集団だが、日常使いのものは、「ジャージ着用のオッサン式神」など、TPOに合わせて使い分けられている。

★四天王【してんのう】

晴明の創った十二式神のうち最強の四柱で、白虎・玄武・朱雀・青龍。京の都の守護神とされる。いずれも晴明の眷属だが、甘雨のみオモテに転生しており、肉体は人間。

★社交の学び【しゃこうのまなび】
皇太子が、闇皇になるための教育の一環。社会勉強。

★十二式神【じゅうにしきがみ】
安倍晴明が高度な陰陽術を用い、后を守護する目的で創った特別な十二柱の式神。式神十二神将、十二月将とも呼ばれる。

★修行プログラム【しゅぎょうぷろぐらむ】
次期闇皇の后の能力を覚醒させるため、また、覚醒時の負担に耐えうる肉体と精神を育むために晴明が組んだ、后専用・地獄の特訓プログラム。

★瞬間移動【しゅんかんいどう】
闇世界の能力者が使う術の一つ。闇世界～オモテ間の移動にも使われる。后は移動するときの感覚が苦手。

★松陰塾【しょういんじゅく】
闇世界の庶民が政を学ぶ私塾。役小角と徳長家康がともに学んだ。役小角は塾始まって以来の天才と呼ばれ、徳長は塾始まって以来の危険人物と称された。

★浄化【じょうか】
闇鬼や餓鬼などの妖魔を、能力者がその気をもって滅すること。

★食人鬼【しょくじんき】
瑞宮のペット。グールちゃん。

★シンクロ【しんくろ】
闇皇と天后が、互いの心を繋げること。言葉を交わさずとも意思を疎通できたり、能力を相乗的に強めたりすることができる。

后は言とシンクロすることで、自身の中の陽の能力を覚醒させるのみならず、言の能力を使うことも可能に。

★性格破綻者【せいかくはたんしゃ】
闇皇室の滅亡と東都の再興を目論む東一のドS・徳長を指す。

★聖血の契約【せいけつのけいやく】
式神の十二・天后になる者が、継承の儀の際に闇皇と交わす儀式。傷をつけた人差し指を重ねて血を混ぜ、互いの血を体内に少しずつ通わせる。后は物心つく前に、御門とこの血の契約をしているらしい。

★Zex【ぜくす】
徳長が社長を務める芸能プロダクション・Virtuous所属の人気絶頂アイドルグループ。メンバーに十二式神の貴樹がいる（不可解なことにクールな完璧主義キャラ）。イケメン好きの比紗は、いまZexに夢中。

★前鬼・後鬼【ぜんき・ごき】
修験道の開祖・役小角が従える鬼の総大将。阿吽の関係にある前鬼と後鬼は夫婦とされ、よって楔と瑞宮は（形だけ）婚姻関係にある。

た

★大典侍【だいてんじ】
闇皇宮で働くすべての女官を統括する女性。現在の大典侍は内裏に勤めて三十八年の、誰もが認める内裏の最高権力者であり、萌の姉・鬼火の母。后にとっては恐怖の象徴である。

★多節棍棒【たせつこんぼう】
複数の棍棒を、紐、または鎖で繋いだ武器。十二式神の中では甘雨が操る。甘雨の多節棍棒は十一節で一本の棒状にもなる。

★天后【てんこう】
闇皇と対をなす者として設けられた地位で、特別な式神。本来、闇皇の正妃のための地位だが、当代の天后は息子の后が担っている。十二式神のうち唯一晴明よりも地位が高く、闇皇直属。后が闇皇を継承した暁には、言が天后の地位を継ぐ予定である。

★でんぶご飯【でんぶごはん】
晴明が天神家で食べていた、てんこ盛りの桜でんぶの上にさらに白い砂粒状のもの（もちろん砂糖）をたっぷりとふりかけたご飯。

★東宮【とうぐう】
皇太子を指す言葉。闇世界では后のこと。

★ドS【どえす】
嗜虐性のぬきんでて高いこと。また、そのような人。つまり晴明および徳長。

な

★内臓【ないぞう】
雛芥子がおこなう魔導において使用する動物の器官。臓物。大きなものを狙う時は大物、高級な魔を呼び出すには高位の人間のものがよい。后の内臓は最高級品であり、雛芥子から切望されている。

は

★比紗・最強伝説【ひさ・さいきょうでんせつ】
比紗の勤める大手企業で、同僚たちから囁かれる伝説。会社の筆頭株主である御門の誘いを断り続ける比紗の猛者ぶりは無敵。

★一言主神【ひとことぬしのかみ】
役小角に退治された神。〝一生に一度

の願いを叶える〟とされる。かつては言の体内に宿っていたが、后の願いで安倍家を復活させ、能力を使い果たしてしまった。役小角と徳長の手元で再生したのち、今度は后を宿主に選んだ。

★雛芥子魔導教室・発表会【ひなげしまどうきょうしつ・はっぴょうかい】
三つ子に召喚術を教えている雛芥子の魔導教室の宿題発表。清は刺客の心臓を供物に、獄界から五メートルクラスの魔物を召喚。和はバラバラに粉砕した百人ほどの刺客を使い、ゴーレムを生成。雲はオモテの闇鬼百匹を、一体の妖魔に変換。

★ピヨたん【ピヨたん】
萌の首斬り鎌の先についているひよこのぬいぐるみストラップ兼萌の親友。ちなみにその鎌はリボンやストラップなどで可愛くデコられているが、萌の首斬り高等テクニックにより、血のりや体脂で汚れることは一切ない。

★ファントム【ふぁんとむ】
現闇皇・御門のオモテでの愛車（ロールスロイスファントム）。オモテでは御門は、海外赴任帰りの実業家ということになっている。

★ブラコン【ぶらこん】
言による、后への熱烈すぎる執着愛着。兄を想うあまり頻繁に暴走し、后に近づく者、后が興味をもつ者への殺意・排除に発展する。

ま

★冥界・獄界【めいかい・ごくかい】
死後の世界をまとめて言う。冥界は死者の霊魂が行く世界で、冥府、冥土とも。獄界は閻魔天が統轄する世界で、いわゆる地獄にあたる。

★メイド【めいど】
十二式神ノ九・萌のオモテでの職業。メイドカフェの人気ナンバーワンだが、派遣家政婦としても活躍中。こちらもオタクのお兄さんたちに大人気。

や

★闇皇【やみおう】
闇世界・冥界・獄界を統べる帝、絶対的権力者。現闇皇は史上最強の能力を持つ御門。

★闇世界【やみせかい】
すべての闇を支配する世界。オモテ世界で生まれた様々な〝闇〟が堕ちる場所でもある。闇世界の人間が、オモテ世界にしがみつく〝闇〟を駆除し、浄化している。

★養育費【よういくひ】
御門は天神家に「養育費」と称して、月々家が一軒建つほどの送金をしている。ちなみに天神家の口座はスイス銀行に置かれている。

口絵イラストリクエスト!

今回、ファンブックの描き下ろし口絵のモチーフは、読者リクエストをもとに決定。愛のこもったリクエストのなかから選ばれたのが、「華が后と勉強中、いつの間にか居眠り」「闇皇メンバーで温泉に行ったら……」という2シーン。

ほかにも、萌える&見てみたいシーンをたくさんリクエストいただきました。ここでほんの一部ですがご紹介します☆

后モテモテ

◆**《華&后》**和装での百合っぽいふたりの絡みが見たい!!です。(幸)

◆晴明と霧砂が、互いに牽制しながら后を奪い合う姿(ビバルディ)

◆**《晴明&霧砂&后》**陰陽師ペアに囲まれる后が見たいです!　后の手とか持ってたらめっちゃいいです♪　手にキスしようとした2人なので(笑)2人に囲まれたら后がどぎまぎしそう… そんな3人が見たいです!　よろしくお願いします!!(紗都)

◆純白の**ウエディングドレス**で必死に逃げ惑う后(半泣き)。追いかけるのは、もちろんタキシード姿の言、晴明、**甘雨、貴樹、霧砂、徳長**……。(nora)

◆みんなに不思議の国のアリスの格好をしてもらいたいです!　もちろんアリスは后で!(まむきち)

◆**《清&雲&和》**人形の体ではなく年相応の人の姿で后に添い寝を強請る。(ゆづき)

◆**《后&言&晴明&四天王&闇皇》**后以外性別逆転!　言と晴明が后のことを取り合いしてる(晴明様に甘酒缶くらわされ隊)

◆**《言&貴樹》**貴樹が言を、幻術で女の子にする(氷麗)

◆**《后&晴明》**ヒグラシの声が響き渡る夏(残暑)の夕暮れに、后の家の縁側で、后が晴明の膝枕で眠っているところ。二人とも浴衣で、晴明が団扇で后を優しくあおいであげてたりなんかするとなおうれしいです。(りょうちゃん)

◆**《華&破》**二人の幼い頃の姿を見てみたいです(笑)(アスター)

后の女装

◆**后くんの学校での学園祭で、女装したところが見たいです!**(后くんの笑顔に癒され隊)

◆**《后》**女装コンテストで黒髪&ゴスロリコスチューム。バッチリ着こなして、優勝トロフィーを抱える、そんな姿が見てみたいです。できれば、華とペアを組んでの優勝も美味しいです!!(琥珀)

◆《オールキャラ》温泉旅館的な所で、枕投げ！敵も味方も無く、当てたり当てられたり、命狙われたりw 后の浴衣は着崩れたりしてるとおいしいw（たこちぃ）

あの式神のあんな姿♥

◆**《玄武水終&前鬼楔》**水終と楔の修行風景をできればぜひ。（エミコ）

◆**言**と**后**のイチャイチャを遠くから優しい笑顔で見つめつつ、清明を牽制する優しいパパ（?）な**破さん**。さり気なく一緒に本当のパパ・**御門**と腹黒親友の**甘雨**も牽制中。最近保護者として完全覚醒した破さんのパパっぷりを是非!!（あすま）

◆**《華&破》破**のマンションでのお風呂タイム or 就寝タイム。（こやてご）

◆**《霧砂》**軍服で。できればムチを手に不敵に笑う感じで（みっきぃ）

◆**《オモテ華と闇世界の華》**シチュエーションは特にないですが、同じ絵の中で並んで立ってほしい。オモテは教科書とか実験道具を持って、闇世界は炎を出してると面白そう!!（たっちゃん）

◆子どもの頃の仲の良い**華と楔ちゃん兄妹**が見たいです。一緒に遊んだり、剣のお稽古したりしてるところとか！（ゆきのこ）

◆夜の帝王のような**役小角**が保父さんしているところがみたいです！ あざと可愛い**三つ子ちゃん**に振り回されてたらきゅんきゅんしちゃいます!!（みのり）

◆**《真面目な貴樹》**真剣な姿が見たいです。いつもおちゃらけた彼の真剣な姿に后くんもきっとキュンキュンするはず（笑）（ゆーや）

◆**《霧砂》**セクシーショットが見たいです。鎖骨より腹筋あたりが見たいです。はい（笑）（リリー）

◆**《華》**大学の研究室での様子が知りたいです！（梓崎）

兄弟♥ 主従♥ 家族♥

◆みんなで、雛壇に並んだら（ちゃんとその格好をする）（麒麟）

◆**お嬢様と執事**、です。后は女装で、式神の皆さんは燕尾服がいいです。とにかくかわいい后が見てみたいです！ 式神さんは、みんな似合いそうなので、ぜひ！（こっこ）

◆**入浴后たん**を抱きしめる**晴明**。（じぇみに）

◆**后と言**に猫耳が生えて、二人でじゃれるシチュエーション（透）

◆**《十二式神と晴明&楔》**学生服を着て后の学校へ。（REIRA）

◆**《比紗、闇皇、藤王、后（赤ちゃん）》**后が生まれて面会にきた闇皇さんと藤王さんという微笑ましい光景が見てみたいです！（伽羅）

◆《后&華》后の帝王教育中、二人でついうたた寝。勿論、フェイストゥフェイスで！（めいめい）

♥リクエストいただいた皆さん、ありがとうございました!!

闇の皇太子

文庫

関連商品紹介

ビーズログ文庫「闇の皇太子」シリーズ
著／金沢有倖　イラスト／伊藤明十

①宿命の兄弟

②未完の後継者

③幻影の従者

④偽悪の革命家

⑤純愛の死神

⑥聖なる闇人形

⑦微睡の想い人

⑧服従の支配者

⑨無垢な闇人

⑩生贄の神人

⑪天邪鬼の忠誠者

⑫独善の殉教者

⑬贖罪の花嫁

⑭思い違いの絆人

⑮迂闊な好敵手

⑯現し身の光人

外伝①最強戦士たちの多忙な日常

外伝②エリート候補生は修行中！

外伝③麗しな彼のお家騒動

〈以下続刊〉

DVD付特装版

著／金沢有倖
イラスト／伊藤明十
CAST：
代永 翼／櫻井孝宏
森川智之／野島健児

独善の殉教者

著／金沢有倖
イラスト／伊藤明十
CAST：
代永 翼／櫻井孝宏
森川智之／寺島拓篤
遊佐浩二

思い違いの絆人

特典DVDは企画満載！ 豪華声優陣による４コマ動画＆ミニドラマ、収録後トークも♥

コミック

B's-LOG COMICS「闇の皇太子」シリーズ
作画／宮尾にゅん　原作・シナリオ／金沢有倖　キャラクター原案／伊藤明十

闇の皇太子①

闇の皇太子②

闇の皇太子③

闇の皇太子④

闇の皇太子
学園編

乙女のための最強コミック誌「B's-LOG COMIC」（毎月１日発売）にて連載中！

ドラマCD

CAST：
代永 翼／櫻井孝宏
森川智之／速水 奨
阿澄佳奈／近藤 隆
堀江一眞 他

品番：LACA-5917
価格：3,000円（税込）
発売元：ランティス
販売元：バンダイビジュアル

ドラマCD
「闇の皇太子 運命の兄弟」

CD付きコミックス

ドリー夢 Say★You コレクション
闇の皇太子編

作画／宮尾にゅん
原作・シナリオ／金沢有倖
キャラクター原案／伊藤明十

あとがき

お手に取ってくださり、本当にありがとうございました。

ありきたりの言葉しか出ないのですが、いつもすごく感謝しています。


闇皇を書き始める前は、３～４回くらいしか京都市内へ観光に行ったことがなくて、あまり市内のことも、さらっとした上辺のことくらいしか知りませんでした。


お寺の名前はわかっても、それがどこにあるかとか、例えば清水寺から八坂神社へ行く道、いや最初の頃は、四条河原町まっすぐに八坂神社があるということも、今ひとつぼやけておりまして……。

今は前以上に京都が好きという理由がもちろん大きいのですが、神社さんや学校、建物の前を通って、「あ、今自分は○○にいる」と確認していますー。

それがとても嬉しいし、楽しいです。

あとは、五行送り火（大文字焼き）の大の文字の方向で、立ち位置の方角を考えたり。

最近では、祇園祭りの頃になるとかなりたぎってしまい（笑）、山鉾巡行の順番や、いろいろな情報を集め、さらにテレビで中継を見ています。

すごく大好きです。


毎回、京都市内は行くたびに新しい発見があって、目から鱗で、勉強になっています。

まだまだ知らないことばかりですが、一つ一つ覚えていけるのは楽しいです。

京都は何度訪れても、まったく飽きがこない本当に素敵な都ですよね。


読んでくださる方とも、そんな気持ちを共有できれば本当に本当に嬉しいです。

まだまだこれからも、全力で頑張って勉強していきますので、どうか今後も応援のほど、よろしくお願いします。

金沢有倖・拝

こんにちは 小説イラストを担当しております。伊藤明十です。
闇の皇太子１巻発売から５年がたちついにファンブックが出るという事で。
これも読者様ファンの皆様の応援のおかげでございます。ありがとうございます。
キャラクターデータや書き下ろし小説、コミックと、ファン(私）には美味しい内容盛り沢山なわけですが、
イラストも一緒に楽しんででいただける材料になっていれば幸いです。
自分が面白いと思う作品を沢山の方に触れてもらえるのも嬉しいですし、そこに自分も参加できていることはすごく有難いです。
（周りの皆様にはご迷惑をかけっぱなしですが；）
今回キャラクターイラストや挿絵等を描かせていただいたのですが
ちびっこ幼馴染と若い晴明霧砂を描くのは楽しかったです。ちびっこ后は可愛いですね
パパが溺愛するのもわかります。
絵日記も文章で最初にいただいたときに可愛すぎて悶えました。
あと
ピンナップイラストのテーマを募集させていただきました 送ってくださった方々ありがとうございます。
予想以上にたくさんいただき、どれを描こうかうんうん悩んでおりました。
お話になっているものも
あったりして読むだけで楽しかったです。
何を描いたかはカラーピンナップで。
複数人からいただいたリクエストを
混ぜたりしておりますので
細かいシチュエーションまで
イラストに反映できずすみません；
他にも描きたいものはいっぱいあったので
いつか機会があれば描きたいなーと。
本当にご協力ありがとうございました。

いただいたコメントやお手紙など
いつも絵描きの活力にしてます・・！
ありがとうございます

これからも闇皇を
宜しくお願いします。

伊藤明十

闇の皇太子

口絵初出

●P1-2　描き下ろし
●P3-4　描き下ろし
●P5　　2010年「コミックビーズログ エアレイド」掲載
●P6　　2012年 春の乙女祭2012 ビーズログ文庫特製イラスト集
「ILLUSTRATION BOOK」掲載

闇の皇太子 外部展開

【イベント】

●JAPAN 乙女♥Festival2

公演：2012年2月19日(土)夜の部
会場：パシフィコ横浜　国立大ホール
出演：代永翼、森川智之、寺島拓篤、堀内賢雄
主催：JAPAN 乙女♥Festival 製作委員会／B's-LOG

【舞台】

●舞台『闇の皇太子』

公演：2012年10月17日(水)～2012年10月21日(日)
会場：上野ストアハウス
出演者：榊原徹士、福井啓太、田中伸彦、内田讓、南翔太、加瀬信行、畠山遼
★ダブルキャスト チームF
坂東大毅、天野哲也、福田朱子、千紗子、押川チカ、阿部真里
★ダブルキャスト チームA
北村諒、田口英輔、戸田れい、雛乃、谷口千明、サヘルローズ
★アンサンブル
今村祐太、高橋里菜、松尾直都、半仁田みゆき、山田拓実、薬師神敦子
演出：加藤真紀子
企画・製作：株式会社G・F・A

★『闇の皇太子』特設サイト
http://www.enterbrain.co.jp/bslog/bslogbunko/yamikou/

★『闇の皇太子』ツイッター
@yaminokoutaishi

■ご意見、ご感想をお寄せください。
《ファンレターの宛て先》
〒102-8431　東京都千代田区三番町 6-1
ビーズログ 文庫編集部
金沢 有倖　先生・伊藤 明十　先生
《アンケートはこちらから》
http://www.bslogbunko.com/
■本書の内容・不良交換についてのお問い合わせ。
エンタープレイン カスタマーサポート
電話：0570-060-555（土日祝日を除く 12:00 ～ 17:00）
メール：support@ml.enterbrain.co.jp（書籍名をご明記ください）

闇《やみ》の皇太子《こうたいし》ファンブック

金沢有倖《かなざわありこ》　伊藤明十《いとうあきと》

2013年 9月26日 初刷発行
2014年 2月14日 第2刷発行

発行人　青柳昌行
編集人　青柳昌行
編集長　馬谷麻美
発行　株式会社 KADOKAWA
〒102-8177 東京都千代田区富士見 2-13-3
（営業）03-3238-8521　（URL）http://www.kadokawa.co.jp/
企画・制作　エンターブレイン
〒102-8431 東京都千代田区三番町 6-1
（ナビダイヤル）0570-060-555
編集　ビーズログ文庫編集部
編集協力　藤沢チヒロ
デザイン　小菅ひとみ(CoCo.Design)、藤沢チヒロ
印刷所　凸版印刷株式会社

ISBN978-4-04-729156-0

定価はカバーに表示してあります。